DANIELA   ALIBRANDI

QUELLE STRANE RAGAZZE

Titolo | Quelle strane ragazze
Autore | Daniela Alibrandi

ISBN | 978-88-27812-66-2

Youcanprint Self-Publishing
Via Roma, 73 - 73039 Tricase (LE) - Italy
www.youcanprint.it
info@youcanprint.it
Facebook: facebook.com/youcanprint.it
Twitter: twitter.com/youcanprintit

CAPI

Non vedeva l'ora che l'angoscia andasse via. Quella sensazione con la quale si svegliava ed era abituato a convivere per tutta la giornata, finché la notte spaziava nella sua mente come un vento gelido, estirpando anche il più tenero germoglio, impedendogli perfino di sognare. Un sentimento che lo possedeva da un po', esattamente da quando aveva capito che il tempo per lui era divenuto il timer di una bomba, che segnava un inesorabile countdown. Non sapeva neanche come fosse iniziato, ma a un certo momento, udendo il ticchettio della sua sveglia, l'aveva sentito diverso da sempre, più forte, isolato dai rumori dell'ambiente.

Si era voltato a guardare le lancette e, fissandole, aveva compreso inequivocabilmente che il suo tempo stava per finire. E non c'era nulla che potesse salvarlo. Da quell'istante vedere l'inizio di una nuova giornata inondata di sole, sentire cinguettare gli uccellini primaverili, tutto quanto potesse esserci per rallegrare l'animo umano scavava invece in lui un solco di inadeguatezza, nella cui profondità il suo animo scendeva, inghiottito da un'invincibile sabbia mobile. La sensazione di non poter più respirare lo attanagliava spesso, finché si portava veloce verso l'antica e pesante finestra del salone, aperta la quale il suo sguardo planava indisturbato su piazza Mincio. Poteva udire distintamente l'acqua scorrere dalla bocca delle rane scolpite nella fontana e di fronte a lui si stagliava la sagoma del Villino delle Fate. Eppure lui viveva in una favola. Cosa gli era mai accaduto per riuscire a distorcere la percezione di una realtà meravigliosa fino a farla divenire l'inferno dove il suo corpo e la sua mente stavano ormai bruciando silenziosamente?

Era riuscito a non far trasparire questo suo malessere e non desiderava condividerlo con nessuno, soprattutto con lei, e per niente al mondo. Se ne vergognava e ne era geloso. Doveva essere solo suo. Ma la fine non sarebbe giunta improvvisa, senza dargli avvisaglie, la morte non l'avrebbe preso quando voleva lei, no, spettava a lui decidere come e quando. Stavolta aveva acquistato delle lamette e stava pensando a come tagliarsi le vene, nel bagno caldo. Fuori si avvertiva il consueto passaggio dal tepore primaverile al caldo estivo, un fermento naturale dal quale lui si sentiva disturbato, e solo per questo aveva preferito chiuderla quella finestra.

Si chiedeva quanto fosse doloroso tagliare i vasi sanguigni, quale impressione facesse vedere il proprio sangue sgorgare denso per mescolarsi lentamente all'acqua. Trovarsi lì, immobile, nell'impossibilità di fermare l'emorragia e di riprendere il vigore che, invece, lo avrebbe abbandonato in modo ritmico e inesorabile, felice anch'esso di uscire da lui e dalla sua disperazione. Iniziò ad aprire il rubinetto dell'acqua calda per riempire l'antica vasca smaltata, che poggiava su quattro zampe di leone, di ottone talmente lucido da farle sembrare dorate. Il vapore iniziò a riempire l'ambiente e lui vi versò delle essenze, non voleva sentire l'odore del sangue.

La vasca, imponente, era posta al centro preciso di una sala da bagno ampia, dalle pareti ricoperte in legno di mogano. E lui iniziò a immergersi in quella linfa fin troppo calda, quasi bollente. Così sdraiato poteva osservare le travi che ricoprivano il soffitto, senza ammirarle. Quanto ci avrebbe impiegato la vita ad abbandonarlo? Chiuse gli occhi e vide chiaramente il suo corpo affogato nell'acqua rossa di plasma, le sue membra rigide, l'ambiente saturo del suo fetido odore. Prese la lametta e la poggiò delicatamente sulla vena che pulsava veloce, come un' anguilla che non volesse essere catturata. Spinse la lama e sentì che si era graffiato. Vide una stilla di sangue uscire e, terrorizzato, gettò la lametta in terra. Aprì il rubinetto dell'acqua fredda e tamponò quella microscopica scalfittura nella pelle.

No, non era quello il modo di lasciare l'esistenza. Proprio come non lo era stato il gettarsi di sotto dalla torretta del suo palazzo. Quella volta aveva trascorso un paio d'ore in piedi sotto il tetto, ascoltando i consigli dei numerosi piccioni che lo popolavano, e poi era giunto alla conclusione che il suo corpo sfracellato, proprio vicino alla fontana delle rane, non sarebbe stato un bello spettacolo. Anche quando aveva preso di nascosto l'antica pistola, che veniva custodita nella bacheca, aveva deciso alla fine di non fare fuoco.

Eppure ne aveva meticolosamente oleato gli ingranaggi e pulito la canna, l'aveva caricata e se l'era infilata in bocca. Bastava premere quello stupido grilletto. Ma la visione del suo cervello spiaccicato sul legno di mogano che ricopriva la parete lo aveva fatto desistere.

Insomma, doveva fare in fretta e trovare il modo più adatto prima o poi. Si alzò dalla vasca e si asciugò. Aprì le finestre del bagno e restò immobile, porgendo il suo corpo nudo al sole che era entrato prorompente, insieme ai rumori della strada e della piazza. "Guardatemi fate! Osservatemi rane! Un giorno mi ricorderete" urlò, come faceva sempre quando decideva di non suicidarsi più.

***

Roberta attraversò la strada come sempre, con disattenzione. Non le importava il rischio che correva, era perennemente in ritardo. La sua vita stava un passo avanti a lei e non riusciva mai a raggiungerla. Corso Trieste a quell'ora era trafficato e i clacson che la redarguivano erano di autoveicoli diversi, mentre i gestacci e gli improperi che le venivano indirizzati erano sempre i soliti.

Lei era certa che ancora non fosse arrivato il suo momento, che troppe cose da fare l'attendevano per morire schiacciata da qualche auto, così affrontava il rischio a testa alta, pur di arrivare in tempo al lavoro. La bambina non l'aveva fatta riposare, come al solito, e lei era riuscita a prendere sonno solo verso mattina. Presto l'avrebbe fatta visitare da un altro pediatra, nessuno capiva la causa della sua agitazione notturna. Il dato di fatto era che la piccola Serena si svegliava addirittura quindici volte e più durante la notte ed era difficile poi riaddormentarsi.

Da quando le aveva tolto il latte materno era stato un inferno. Per qualche mese la bimba non aveva chiuso occhio, poi aveva iniziato a dormicchiare svegliandosi poco dopo di soprassalto. Cullarla con amore diveniva impossibile quando, per l'ennesima volta, Roberta sentiva il sonno afferrare tutto il suo essere, mentre era già il momento di riattivarsi per le grida della figlia. Forse preferiva quando la notte si passava completamente in bianco a quell'allarme a tempo, ogni mezz'ora. Aveva letto da qualche parte che quella era una tortura estrema utilizzata per far parlare qualsiasi prigioniero reticente, destarlo ogni volta che prendeva sonno e Roberta ora sapeva cosa significasse.

Quando alla sette era suonata la sua di sveglia e si era dovuta preparare in fretta e furia, la piccola finalmente sembrava dormire come un angioletto, mentre per lei iniziava un'altra giornata di lavoro. Aveva baciato quasi distrattamente suo marito, appena rientrato da una notte di lavoro, ne aveva sentito l'odore, indovinando la sua voglia d'amore, mentre lei ora doveva scappare via.

Gli aveva affidato Serena, raccomandandogli di rispettare gli orari dei pasti e la quantità di gocce da metterle nel nasino, era un po'raffreddata. Lui aveva annuito, baciandola ancora languidamente sulle le labbra, mentre con una mano le palpava il seno.

—Quando prendi un giorno di ferie? — le aveva chiesto scostandole poi la lunga frangia dagli occhi.

— E chi lo sa? Devo anche andare dal parrucchiere, non vedi come sono combinata? — Lui l'aveva guardata con amore, osservando i suoi occhi stanchi, le piccole rughe di espressione dovute alla grande fatica che stava facendo, ma era sempre bellissima, anche ora che era una mamma premurosa. Quanto desiderava sdraiarsi sul letto con lei, ora che nella casa regnava il silenzio, per carezzarla e possederla, sfogando quel desiderio che doveva reprimere già da qualche giorno.

— Dì che non ti senti bene, dai. Stiamo un po' insieme! — Lei lo aveva guardato con una punta di rancore. Non era per quello che l'aveva sposato, stare sola di notte e nei giorni di festa. Era una vita che non trascorrevano insieme il Natale o il Ferragosto. *Solo per sposarci,* le aveva promesso lui quando era entrato in polizia, *poi cambierò lavoro appena sarà possibile!* Invece quello era un mestiere che gli piaceva, sempre a contatto con situazioni nuove, vestendo la divisa, senza avere orari o punti fissi, tranne che la loro casa, nelle poche ore in cui era libero, e il loro letto quando riuscivano a incontrarsi. Lei aveva sopportato quella situazione, ma non avrebbe perso un giorno di lavoro, del suo impegno, per andargli incontro.

— Fatti una doccia gelata, ti farà bene! — gli aveva risposto e, mentre lui si irrigidiva e si scostava, aprendo la porta Roberta aveva continuato — Sapessi la voglia che ho avuto io tutta la notte! Lo sai dove mi puoi trovare quando vuoi! — ed era uscita sbattendogli la porta in faccia. L'amore che la legava a lui, però, non le permetteva di fare o dire ciò che diceva senza sentirne immediatamente il rimorso. E mentre scendeva le scale di corsa, sentì quasi salirle le lacrime agli occhi. Fu il vento caldo della primavera, che la investì appena fuori dal portone, ad asciugare la sua emozione e a riportarla alla realtà.

Come al solito, mentre accendeva la sua cinquecento color verde marino, pregava Dio che non ci fosse un terremoto o qualche catastrofe naturale che potesse seppellire gli amori più grandi della sua vita sotto le macerie di quel palazzo dalla stabilità incerta. L'unico dove avevano trovato una casa in affitto.

Roma si era svegliata e, man mano che Roberta lasciava la periferia per portarsi verso la Via Nomentana, attraversando il centro, sentiva che la primavera era nel pieno fulgore. La rallegrava il festoso volteggiare delle rondini nel cielo terso e azzurro, dove si stagliavano i nitidi contorni dei monumenti romani. Il profumo, che gli oleandri appena fioriti e i glicini affacciati alle logge profondevano nell'aria, inebriava chi, come lei, si trovava a passare in quelle antiche vie, sobbalzando all'attrito dei sanpietrini. Si era ormai all'inizio degli anni Novanta, venivano progettate basi lunari e immaginati viaggi interplanetari, ma il centro di Roma, con il suo antico cuore, era sempre lo stesso. Carrettini, botteghe e carrozzelle trainate da stanchi cavalli obbligati a non vedere ciò che li circondava. Roberta adorava quella parte del tragitto verso il lavoro, e ora poteva anche aprire la cappotta mobile del tetto, per poter inspirare a pieni polmoni l'odore inalterabile di quella storia. In fondo era quella l'unica inconfondibile fragranza da cui riusciva a trarre un indiscutibile senso di appartenenza.

Il parcheggio non era difficile da trovare, date le dimensioni della sua auto e, come sempre, aveva lasciato l'autovettura con due ruote sul marciapiedi, chiudendo quasi il passaggio dei pedoni.

E ora che aveva attraversato senza danni il Corso, muoveva i suoi passi veloci verso Piazza Mincio, il centro del quartiere Coppedè, o quartiere magico, come lo chiamavano i romani. Lasciare il baccano di Corso Trieste per entrare in un'atmosfera completamente diversa la affascinava ogni giorno di più.

Le sembrava addirittura che cambiassero i fattori climatici una volta superato il grande arco d'ingresso, sotto il quale non passava mai senza guardare con ammirazione e timore l'enorme lampadario in ferro battuto nero. Da lì poteva già vedere la fontana di Piazza Mincio che dal 1921 emetteva, con il getto d'acqua continuo proveniente dalle rane scolpite, una melodia incessante, quasi sussurrata. Di fronte il Villino delle Fate, con i chiari richiami alla bellezza di Firenze e Venezia, più in là il Palazzo del Ragno e poi le logge, le torrette, i biscioni che apparivano ovunque. Si sarebbero potute trascorrere delle ore ammirando le raffigurazioni e i dipinti che, con le loro cornici dorate, riflettevano fieri i raggi del sole nascente. Quelle strade lei le aveva conosciute quando, in una sera d'estate vi era stata condotta, mano nella mano, da suo marito, pochi giorni dopo il loro incontro. Mentre i baci di lui scendevano dalle sue labbra a mordicchiarle i lobi delle orecchie per poi sfiorarle il collo, lei aveva creduto veramente che le si preparasse una vita da fiaba.

E ora le sembrava incredibile che, solo dopo qualche anno, si trovava a lavorare proprio in quella zona, il cui fascino non era cambiato, mentre la chimera della sua futura vita dal sapore favolistico le appariva adesso per quello che era stata, una misera e semplice illusione. Con suo marito aveva provato l'amore intenso, la passione, sì, ma anche la solitudine e la mancanza di sintonia. E ora si sentiva più sola che mai ad affrontare le sue giornate e i tanti problemi che erano sorti strada facendo. Quelli economici stavano divenendo i più pressanti e lei era consapevole dell'importanza che l'entrata del suo stipendio rivestiva nel menage familiare.

Decise di prendere un buon caffè al bar che faceva angolo con il Corso Trieste prima di salire. Era gradevole gustare uno dei cornetti caldi che il locale sfornava a tutte le ore del giorno e perfino della notte, quando gli avventori erano i giovani che frequentavano la discoteca proprio lì di fronte, il mitico Piper.

Si sentì chiamare proprio mentre apriva la porta del locale denso di odori, da dove giungevano le note soffuse della canzone di Madonna, *Like a Virgin*:

— Santo Dio Roberta, che faccia hai! — Era Eva, una delle sue colleghe di lavoro. Alta, mora, dai lunghi capelli ricci, camminava fiera della sua pelle olivastra. Frutto dell'unione tra una francese e un magrebino, era un'autentica bellezza. Non c'era uomo che non si voltasse a guardarla.

A dispetto di tutta l'energia e della sicurezza che sfoggiava, però, la sua era una vita che stava andando in pezzi. Il suo matrimonio era durato appena un paio d'anni e già era un fallimento. Il marito si era rivelato un uomo violento e i suoi attacchi di ira sembravano giustificati solo da un'esasperante gelosia. Eva non aveva compreso bene con quale tipo di uomo si stesse sposando, dopo appena tre mesi di fidanzamento. Lei veniva da una storia, a suo dire platonica, nella quale aveva investito una profondità tale di sentimento che, quando si era vista rifiutata dall'uomo maturo del quale si era invaghita, aveva reagito con grande amarezza. Appena era riuscita a riprovare qualcosa molto simile all'amore per Rinaldo, non ci aveva pensato due volte ad accettare la sua proposta di matrimonio. Contro il parere dei suoi genitori lei aveva anche acconsentito a convivere con i suoceri in una casa modestissima del quartiere popolare di Tor Marancia.

— Eva, scappa — le aveva detto sua madre quando lei, già vestita da sposa, si stava facendo pettinare — Non pensare ai soldi che abbiamo speso per il matrimonio, scappa finché sei in tempo! — e aveva rafforzato il concetto, marcando il suo rotacismo francese, mentre toglieva il flacone della lacca dalle mani della parrucchiera, come per impedirle di terminare il lavoro di acconciatura sulla propria figlia.

— Lasciami in pace! — le aveva risposto lei e la mamma si rammaricò di averla viziata in quel modo crescendola.

Non le aveva dato ascolto purtroppo e adesso, a due anni di distanza, sarebbe voluta volentieri tornare indietro, per seguire quel saggio consiglio. Arrivare in ufficio con la gioia di poter raccontare alla collega ciò che era avvenuto le procurava un vero sollievo, qualcosa che aveva il sapore delle confidenze fatte sui banchi di scuola.

Roberta le sorrise e man mano che Eva si avvicinava lei, più bassa di statura, riusciva a vedere in tutta la sua estensione un segno rosso che le definiva lo zigomo. Gli ampi occhiali da sole che l'amica indossava non erano sufficienti a coprirlo del tutto.

— A me lo dici che faccia ho, ma tu che hai fatto? — Eva tirò su col naso, come una che avesse pianto fino a poco prima.

— Quello stronzo, che vuoi che ho fatto. Non mi far parlare, anzi prendiamoci il caffè. Quando saliamo in ufficio ti racconto.

Gli uomini che stavano consumando la colazione al bancone si volsero dalla loro parte, ma gli sguardi di apprezzamento erano indirizzati tutti a Eva. Roberta intanto prendeva posto su uno sgabello e ordinava, lasciando che si compisse quel rito di occhiate e ammiccamenti, che accompagnavano sempre l'entrata della sua amica. Pensò a suo marito, che lei aveva lasciato con quella voglia d'amore insoddisfatta. E se avesse avuto l'occasione di guardare qualche altra bella ragazza come Eva? Doveva tornare a casa il prima possibile per stare un po'con lui e quietare i suoi desideri.

Tornò però ad aggredirla la tremarella che ormai le prendeva regolarmente, quando sentiva che il sonno reclamava di nuovo le sue membra, proprio mentre era necessario innestare invece quella marcia in più. Poi guardò la collega e qualcosa vibrò dentro di lei all'idea che stavano per trascorrere un altro giorno insieme, confidandosi e consigliandosi. Non appena uscite dal bar, Eva accese una sigaretta che aspirò con profonde boccate riducendola al filtro in pochi minuti. Gettò il mozzicone in terra e lo schiacciò sotto la suola della scarpa, con rabbia. Un filo di vento sembrava voler asciugare le lacrime che iniziavano a rigare le sue gote. Non bastò la magia della piazza a ridarle la serenità e Roberta le camminò vicina senza dire una parola, mentre si avviavano, ognuna stanca della propria vita, verso l'ufficio.

L'odore che si sentiva nell'antico edificio dove lavoravano era inconfondibile. Maestoso ed edificato secondo il gusto e lo stile dell'architetto Coppedè, era come un rifugio sicuro per chi vi entrava. Sembrava invitare a lasciare fuori dal pesante portone le angosce, accogliendo nella sua penombra chi veniva avvolto da un'eterna freschezza e solennità, la sensazione che di solito si ha entrando in una chiesa. Roberta chiamò l'ascensore e vide che Eva continuava a piangere, le lacrime scorrevano veloci da sotto i suoi occhiali scuri, che non aveva tolto neanche entrando in quell'ambiente ombroso.

— Santo Dio Eva, non fare così! — le diceva, mentre cercava di stringerle una mano. Eva si ritraeva perfino all'abbraccio dell'amica, quasi avesse timore di essere picchiata anche da lei. Entrarono nell'ascensore e scesero al penultimo piano, dove il sole prorompeva dalle antiche finestre molate. Eva aprì l'ufficio. Roberta amava quel momento, era tutto suo. L'odore della carta umida e dei mobili antichi l'avviluppava, donandole la sferzata necessaria per iniziare la giornata. La sua scrivania, le sue pratiche, il suo lavoro. Stranamente era proprio là che si sentiva al sicuro, lontana dai vagiti di Serena e dal peso dei suoi infiniti doveri. Eva intanto apriva le pesanti imposte.

— Ti aiuto io Eva, da sola non ce la puoi fare.

— Sai che mi importa se cado di sotto! — L'adrenalina che l'amica aveva accumulato si intuiva dal vigore che imprimeva ai suoi movimenti. Non cadde di sotto, anzi, iniziò a sfregarsi energicamente le mani per liberarle dalla polvere dell'imposta.

— Quando si decideranno a far pulire bene le finestre sarà sempre troppo tardi! — Aveva ragione, gli ambienti venivano regolarmente puliti e il bagno ben igienizzato, ma il resto lasciava molto a desiderare. E i vetri, forse proprio per la loro particolare lavorazione, lasciavano intravedere il fitto reticolato di polvere che vi si era depositato da mesi. — Ci dobbiamo far sentire dalla signora Giuliana, che ora mi sono proprio rotta! — continuò Eva carica di rabbia.

— Dai su, siamo fortunate ad avere questo lavoro, non sarà un po' di polvere adesso a farci incavolare con Giuliana o con il grande capo! — rispose Roberta.

— Il grande capo? L'enorme capo mi dirai, il grosso, flaccido capo!— aggiunse Eva e stavolta rideva. Anche Roberta iniziò a ridacchiare e in quel momento udirono il secco "Buongiorno signore" di Giuliana, la segretaria particolare del direttore, la spia, la kapò. Loro risposero al saluto cercando di soffocare le risa. Non l'avevano sentita entrare, con il suo passo felpato. Alta, dalla corporatura asciutta e solida, perennemente pettinata con una crocchia che radunava i suoi pochi e grigi capelli sulla nuca, spesso se la trovavano alle spalle senza averne sentito i passi, mentre si aggirava tra quelle mura come una pantera nera nella notte.

Non era stato facile trovare un lavoro. Le ragazze avevano risposto a un'inserzione pubblicata da un quotidiano che recitava: ***Cercasi ragazze, massimo trentenni, bella presenza, conoscenza perfetta inglese e/o francese, tedesco e spagnolo per interessante lavoro di public***

relations. Inviare il proprio curriculum e una foto in primo piano al seguente indirizzo...

La prima a rispondere era stata la loro collega Flora, seguita a ruota da Marina, le altre due ragazze che lavoravano in quell'ufficio. Insieme occupavano la stanza alla fine del corridoio e, forse proprio perché erano veterane dell'ambiente, si presentavano al lavoro sempre qualche minuto più tardi di loro due, che erano state assunte in un secondo momento. Il colloquio che aveva seguito l'invio della loro documentazione era stato tenuto dal direttore in persona, quello che loro chiamavano *il flaccido grande capo*. Era proprio uno di quegli uomini che si possono tranquillamente definire "un porco".

Non era un'esagerazione dire che faceva quasi ribrezzo, con le sue mani grassocce, i capelli unti e radi pettinati con il riporto, le labbra gonfie con le quali stringeva perennemente un sigaro spento. La pancia enorme non gli permetteva di avvicinare la sedia alla scrivania. Probabilmente non aveva neanche trovato una cinta che contenesse tutto quel grasso, visto che i pantaloni erano retti da un paio di bretelle elastiche.

Era, però, un uomo di cultura elevata, funzionario della Organizzazione Internazionale che stava aprendo la sua sede romana. Per questo lui viaggiava molto ed era presente in ufficio solo un paio di giorni alla settimana. Lasciava il suo bulldog Giuliana a tenere sotto controllo la situazione.

Il colloquio si era svolto interamente nella lingua che le ragazze avevano dichiarato di conoscere e poi era stato dato loro un questionario, sempre in lingua, da compilare in pochi minuti e in presenza del capo. Roberta in passato aveva vissuto e studiato negli Stati Uniti, precisamente nel New England,dove aveva appreso un inglese perfetto, non influenzato dallo slang americano. Eva invece, cresciuta dalla mamma francese che non si era mai arresa all'utilizzo dell'italiano, era da sempre un soggetto bilingue. Flora, nata a Madrid e cresciuta a Barcellona, si era trasferita a Roma dopo il matrimonio con un italiano. Infine Marina, figlia di una donna tedesca e di un italiano, aveva studiato tedesco all'istituto alberghiero e poi ne aveva completato la conoscenza trasferendosi per un lungo periodo in Germania. Dopo aver inseguito inutilmente lì il sogno di conoscere *Giorgio Strehler* e recitare per lui, aveva finito con l'arrendersi e col tornare.

— Buongiorno a tutte! — dissero quasi all'unisono Flora e Marina che stavano entrando in quel momento. Roberta ed Eva risposero al saluto, chiedendosi come le due ragazze riuscissero ad essere sempre puntuali nel loro ritardo.

— Ben arrivate! — fece eco la voce di Giuliana, che le squadrò con sguardo severo. Le ragazze, per niente toccate dal muto rimprovero, si avviarono verso il loro ufficio, inondando il corridoio di intenso profumo. Delle due chi poteva sembrare una spagnola era Marina, alta e mora, con il volto sagomato e la folta capigliatura riccia di permanente. La vera spagnola, cioè Flora, era una ragazzetta minuta, biondina, con dei grandi occhi chiari. Mentre aprivano le imposte del loro ufficio si sentiva Marina che cantava il famoso motivo di Loretta Goggi, *Che fretta c'era, maledetta primavera...*

Roberta ed Eva si guardarono sorridendo, in un muto dialogo denso di impronunciabili considerazioni.

La signora Giuliana si era già seduta nel suo ufficio, che si trovava dirimpetto a quello delle colleghe ed Eva fece ciò che serviva a Roberta, tutte le mattine. Prese un paio di faldoni e li posizionò sulla sua scrivania, cosicché, poggiandovi la testa, l'amica potesse godere, finalmente, di una mezz'oretta di sonno.

Roberta le sorrise con uno sguardo riconoscente. Non le ci voleva molto a prendere sonno e quello era un rito a cui non poteva più rinunciare. Eva avrebbe vegliato sul suo riposo.

CAP. II

Flora e Marina, forse per una mal interpretata forma del *nonnismo* proprio delle caserme militari, godevano di alcuni privilegi che non si fermavano a una semplice occhiataccia da parte della signora Giuliana quando si presentavano al lavoro con notevole ritardo, sfoggiando un candido sorriso e una bella faccia tosta. Loro due occupavano un ufficio d'angolo, con una finestra che guardava Piazza Mincio e l'altra che dava su Via Dora, sotto il cui arco pendeva l'antichissimo lampadario in ferro battuto, che tanto rendeva misteriosa l'entrata in quel quartiere. Era chiaro inoltre che le due ragazze avevano un tipo diverso di impegno all'interno dell'Organizzazione. Mentre Roberta ed Eva svolgevano compiti di traduzione e archiviazione degli atti, Flora e Marina lavoravano quasi sempre al telefono. Si sentiva la loro voce giungere, ovattata, dalla stanza dove si chiudevano a chiave dall'interno.

Quindi, al di là delle poche parole che si scambiavano la mattina all'inizio del turno o se si incontravano al bagno, di solito non c'era molta possibilità di dialogare con loro. Giuliana invece lasciava la porta socchiusa per uscirne in silenzio quando voleva e, a meno che non fosse presente il direttore che attivava un certo subbuglio, cadeva sul lungo corridoio un silenzio quasi spettrale.

— Uahuuu! — sbadigliò Roberta.

— Ma che fai, già ti svegli? Avrai dormito sì e no venti minuti!

— Si vede che ho dormito profondamente e mi sono bastati — rispose Roberta, il cui senso del dovere spesso non le concedeva un sonno più lungo.

— Bene, allora buon lavoro. Mica vorrai che ti faccia pure il caffè! — scherzò Eva. Ora si era sentita libera di togliere gli occhiali da sole e il livido viola che le incorniciava l'occhio appariva in tutta la sua estensione, fino ai bordi che stavano prendendo un sinistro colore bluastro.

— Ma guarda che cavolo t'ha combinato quel maledetto! — esclamò Roberta. Le incomprensioni che aveva con suo marito le stavano sembrando degli zuccherini confronto alla situazione che viveva l'amica — ti fa male?

— Un pochino, ho messo la crema, ma è tutto l'occhio che mi duole.

— Io dico, ma possibile mai che non ti sei fatta vedere da un medico?

— Come potrei, dovrei denunciare Rinaldo se mi vedesse un qualsiasi dottore. — Roberta tornò a guardare le sue pratiche, non voleva intromettersi in una situazione tanto delicata, ma sentiva a pelle che Eva stava rischiando grosso, restando vicino a quell'uomo.

— Eva, tu lo sai che non amo intromettermi, ma mio marito è poliziotto. Se vuoi ti faccio parlare con lui. Ci sarà pure un modo per liberarsi da questa situazione! — La mano le andò automaticamente al seno che le aveva delicatamente palpato lui, prima che uscisse di casa quella mattina e arrossì, pensando che quello era l'unico modo che aveva suo marito di metterle le mani addosso. Si vergognò di averlo trattato malamente.

— Ti ringrazio amica mia, stai tranquilla che in qualche modo farò. Sto solamente aspettando il momento giusto e forse ieri sera ho trovato qualcosa, ma è meglio che per ora non te ne parli. Anzi, vogliamo cominciare a guadagnarci lo stipendio? — Risero insieme e in un attimo sembrarono spensierate.

— Io non ho capito ancora bene che tipo di lavoro svolgono Flora e Marina — esordì Eva — sembra sempre che vanno a una festa da ballo e non a lavorare.

— Dai Eva, sarà che io sono così felice di aver trovato questo impiego che non mi interessa proprio ciò che fanno le altre. Sono sempre profumate e agghindate? Meglio così non credi, a noi che importa?

— Lo dici tu, la mia inguaribile ingenua. Se noi due si tarda cinque minuti ci manca che Giuliana ci prenda a morsi, mentre hai visto loro? Entrano cantando a tutte le ore e lei non si azzarda a dire niente, al più le guarda per storto. C'è qualcosa che mi sfugge.

Nella mente di Roberta iniziarono ad addensarsi i ricordi delle sue precedenti esperienze lavorative. Nell'abisso economico nel quale l'aveva lasciata suo padre era stato difficile perfino studiare e, per mantenersi all'Università, lei si era adattata a diversi tipi di occupazione. Rivide le sue mani corrose dall'acido usato nella fabbrica di ottica dove aveva lavorato alla catena di montaggio come operaia, udì chiaro il latrato del cane che le era stato aizzato contro quando suonava alle porte degli sconosciuti per vendere una mondezza di enciclopedia, e forte in lei era ancora il disgusto nel sentire le mani del premuroso padre della bimba di cui era babysitter darle un pizzico sul sedere.

— Senti Eva, io ho lavorato come operaia, poi sono andata a vendere le enciclopedie in giro, ho fatto la babysitter finché il marito della signora non mi ha messo una mano sul culo. Ora sto qui tranquilla, seduta in una stanza con te, in un quartiere fantastico. Che vuoi che mi importi di quelle due?

— Brava, dì così, ma io lo sento che c'è qualcosa di strano. Un giorno sono entrata fingendo di sbagliare porta e lo sai cosa ho visto?— No, Roberta non lo sapeva proprio, ma iniziava a insinuarsi in lei il tarlo della curiosità. Per cui non aggiunse nulla, poggiò la penna sul tavolo e non interruppe il discorso dell'amica.

— Io non capisco una parola di tedesco o di spagnolo, ma riesco a intuire quando una sta lì a limarsi le unghie senza un foglio di carta sulla scrivania. Hanno un telefono ciascuna, attaccato a una centralina e c'era Flora che indossava le cuffie e parlava al telefono in spagnolo, ridendo.

— Magari che ne sai, avevano terminato il lavoro e stavano in un momento di pausa. Allora, se qualcuno entrasse mentre io dormo la mattina o quando chiacchieriamo potrebbe trarre la stessa conclusione.

— Sarà, ma non ne sono convinta, un giorno o l'altro farò in modo di saperne di più.

— Senti, chiudiamo qui il discorso. Invece perché non mi racconti cosa hai scoperto ieri sera di così sconvolgente? — Eva divenne livida e si vedeva che faticava molto a tirare fuori la verità. Roberta attese qualche secondo poi, per diminuire la pressione che vedeva sul volto dell'amica, finse di tornare a tradurre.

— Ho sentito Rinaldo parlare con la madre mentre pensava che io fossi in bagno.

— E allora? Che c'è di male?

— Dopo che avrai sentito ciò che si dicevano cambierai idea — Roberta sgranò i già grandi occhi.

— Lei gli diceva *Facciamoglielo avere un bambino, poi glielo togliamo, stai tranquillo, lo cresceremo secondo i nostri principi. Te ne sei innamorato e non mi hai dato ascolto. Che era una zoccola si vedeva da lontano e come sempre toccherà a me aiutarti.*

— Ma che mi dici Eva e tu che hai fatto?

Nella mente di Eva passava intanto tutto ciò che lei e suo marito si erano detti in quegli ultimi giorni. Lui che le era sembrato addolcirsi, sussurrandole di un futuro con un bambino da avere insieme, si era addirittura scusato per averla picchiata e aveva giurato che non lo avrebbe più fatto.

— Mi sono chiusa in camera e quando lui mi ha raggiunto mi sono irrigidita, non sopportavo neanche di essere sfiorata. A denti stretti gli ho detto che faceva schifo, che maledicevo il momento in cui lo avevo incontrato, rammaricandomi di non aver seguito il consiglio di mia madre, il giorno delle nozze.

— Oddio, e lui?

— Mi ha preso a pugni, questo sotto l'occhio è il più evidente, ma guarda qui — e così dicendo avvolse la manica della camicia che indossava fino all'avambraccio. Una chiazza giallognola e nera prendeva gran parte del bicipite.

— Eva, tu devi scappare da lì, ti prego, ho paura per te, quelli sono malati! E tuo suocero che ruolo ha in quella famiglia?

— Lui porta lo stipendio a casa e da come a volte mi guarda si capisce che cerca altre donne. Credimi, mi sento a disagio, il suo sguardo mi tocca come una mano felpata. Poi la casa è piccola, il bagno è uno solo e pensa che non esistono chiavi. E'capitato addirittura che mia suocera entrasse all'improvviso nella nostra camera da letto, senza bussare! — Roberta non trovava le parole adatte, mentre sentiva crescere un vago senso di nausea.

— Eva, tu devi andartene e presto da quella casa. Devi anche parlarne con tua madre, confidarti solamente con me non ti può aiutare, lo capisci? Vedrai che i tuoi genitori ti riapriranno la porta e tu tra un po'neanche ricorderai tutto questo.

Eva ora stringeva un fazzoletto tra le dita e lo torceva con rabbia. Una bussata forte alla porta e la voce di Giuliana:

— Signorine, vi dispiace lasciare aperta questa porta? Che avete da chiacchierare? — *Ecco il mastino* pensarono le ragazze. Roberta andò ad aprire, cercando di non far vedere a Giuliana lo stato di Eva che, nel frattempo aveva indossato di corsa gli ampi occhiali da sole.

— Sì, signora Giuliana, scusi, la lasciamo aperta — Il mastino si affacciò appena.

— Bene allora buon lavoro e meno chiacchiere! — Roberta lasciò la porta aperta.

Si volse di scatto e, nel guardare Eva, sentì una stretta allo stomaco. Le stava accadendo di nuovo, dopo tanto tempo, e lei si sentì completamente impreparata <<No!>> pensò sconvolta <<non devo più dar retta a queste immagini!>> si impose, ma sentì che non sarebbe riuscita ad arginare la visione che le si stava dipingendo dinnanzi agli occhi, una scena che avrebbe visto solo lei. Soprattutto negli anni della sua adolescenza era divenuto quasi un tormento il sentire, capire, preavvertire ciò che stava per accadere, non tanto a lei, quanto a chi lei si sentiva legata o che comunque le era vicino. Erano flash, immagini nitide, definitive, di una realtà spietata. Inutile opporvisi, in quella frazione di tempo nella quale lei era isolata dai rumori circostanti, in quell'angolo lontano nel quale veniva inesorabilmente proiettata, lei era sola di fronte a ciò che sarebbe inevitabilmente successo.

Stavolta era nitida la figura di Eva che piangeva disperata sul bordo di una vasca da bagno, e di una mano che spingeva la sua testa sotto l'acqua. Roberta impallidì, sapeva che quello strano tipo di premonizione purtroppo era affidabile. In passato,quando aveva quindici anni, lo era stato il vedere la sua amica del cuore legata a un letto, preda di un raptus psicotico, come poi era puntualmente avvenuto, quando la ragazza iniziò a manifestare delle turbe mentali. Cercò di rincuorarsi pensando che magari stavolta era stato solo il grande affetto nei confronti di Eva a farla fantasticare.

— Cos'hai? — le chiese la collega avendola vista sbiancare.

— Nulla, solo una sensazione.— Eva non chiese di più, ancora immersa nei suoi pensieri, mentre lei sentì improvvisa la voglia di respirare l'aria di fuori e si portò velocemente alla finestra. Il gorgoglio della fontana la rasserenò. Guardò di fronte, verso il Villino delle Fate e pensò che per aiutare Eva c'era proprio bisogno della bacchetta di una fata buona.

CAP III

Forse aveva capito quale poteva essere il modo per farla finita. Ci aveva pensato di notte, quando il ticchettio inesorabile dell'orologio ormai lo teneva sveglio, ricordandogli che i minuti stavano passando e che presto sarebbe stata la morte a prendere la decisione finale. Nel buio aveva ascoltato il silenzio, rotto solamente dallo sgorgare dell'acqua nella fontana e dai passi di qualche viandante ritardatario. Tutto il movimento nella zona, per lo più costituito dai frequentatori del Piper, si svolgeva in corso Trieste. Un lontano brusio che verso le quattro del mattino finiva. A fendere il buio e il silenzio restavano solo le corse notturne dell'autobus. Qualche padre di famiglia desideroso di raggiungere casa prima che si svegliassero i figli percorreva a tutta birra Corso Trieste, guidando senza troppa attenzione uno di quei bestioni. E lui iniziò a fare affidamento proprio sulla fretta e la stanchezza di quell'uomo, quell'autista che correva all'impazzata per giungere il prima possibile al deposito. Registrò l'ora di quella corsa. La notte successiva sarebbe stata quella giusta.

***

— Stai proprio bene con questo taglio di capelli! — esclamò Eva, quando Roberta la raggiunse al bar per fare colazione insieme.

— Grazie! Ieri mio marito si è impietosito e mi ha obbligato ad andare dal parrucchiere. Quando sono tornata, mi ha fatto anche la bella sorpresa di dormire la notte a casa per stare con me e la piccola.

— Insomma avete fatto anche l'amore, dì la verità! — rise Eva. Roberta arrossì lievemente, attenta che gli avventori del bar non avessero udito la battuta della collega.

— Sì, capirai, con Serena che si sveglia di continuo. Poi sembra che lo senta quando io e lui abbiamo voglia di stare insieme — Ma infine, vedendo che nessuno seguiva la loro conversazione, ammise — Però tra una sveglia e l'altra ci abbiamo dato giù, non vedi che occhi gonfi ho stamattina?

— No, anzi stai molto meglio di ieri, lo vedi che l'amore fa bene? Poi, con questo taglio paro e liscio e con la frangia sembri proprio un'orientale, una thailandese direi,non lo cambiare mai. Mi rendo conto solo ora che il taglio dei tuoi occhi è decisamente a mandorla!

Roberta terminò la colazione felice degli apprezzamenti dell'amica e degli sguardi degli uomini, che una volta tanto si erano poggiati per qualche istante anche su di lei.

Le due giovani donne uscirono dal bar e camminarono sotto il grande arco di ingresso al quartiere. Roberta rallentò come sempre per osservare il misterioso lampadario, che quando si accendeva irradiava una luce soffusa e avvolgente. Lei conosceva bene l'atmosfera misteriosa e favolistica nella quale si veniva proiettati godendo di quegli inaspettati contrasti. Il ferro battuto nero si stagliava sulla volta ricca di policromi dipinti, ed evidenziava le immagini di fattura talmente pregevole da sembrare tessute in seta e oro, figure con chiari richiami all'arte gotica o barocca, icone da riscoprire ogni giorno. Non a caso la mattina faceva sempre in modo di entrare nel largo dalla parte dell'arcata. Era per lei un rito simile al segnarsi con l'acqua santa entrando in una chiesa.

— E' magnifico, vero? — le chiese Eva, vedendola rapita.

— Sì, me ne stupisco ogni giorno di più! — confermò Roberta, che si sentì quasi infastidita dal dover tornare al presente — Come è andato il tuo pomeriggio invece?

— Se lo vuoi sapere anch'io, con Rinaldo, sai mi ha chiesto scusa, poi lui da quel punto di vista mi piace parecchio, anche se ormai sono sicura di non amarlo più.

— Ma come fai a ignorare la violenza che ha usato nei tuoi confronti. Come puoi dormire tranquilla in quella casa?

— Sono serena perché ormai ho deciso,me ne andrò appena ne avrò l'occasione, e non per tornare dai miei genitori. Adesso voglio essere indipendente e, soprattutto, voglio diventare ricca, ma ricca davvero. L'amore non fa per me.

— Non so proprio se i pugni che ti ha dato tuo marito ti hanno girato i due dadi che hai al posto del cervello! — scherzò Roberta, mentre insieme aprivano il portone dello stabile per raggiungere l'ufficio — devi ancora indossare gli occhiali per non far vedere l'occhio nero e già gli hai concesso di stare con te, mah! Contenta tu. Posso chiederti una cosa? Qual è stato il motivo della prima lite nella quale è venuto alle mani? — Eva sorrise in modo triste, amaro. Intanto l'ascensore saliva lentamente verso il penultimo piano dello stabile, e l'ombra del ferro battuto della scala a tratti disegnava un merletto scuro sul suo volto.

— Le prime botte che ho preso? In viaggio di nozze e per un motivo banale, ma da allora lui non ha avuto più fiducia in me.

— Cioè? — chiese Roberta incuriosita mentre uscivano dall'ascensore e aprivano l'ufficio.

— Insomma, io gli avevo giurato di essere vergine, e lo ero te lo assicuro. Mi ero infatuata di quel prete, lo sai,ma non avevamo avuto rapporti, lui era molto più grande di me,e la sua condizione non glielo permetteva. Fatto sta che quando io e Rinaldo abbiamo fatto l'amore, la prima notte di nozze, io non ho provato alcun dolore, non ho avuto perdite ematiche e sembrava che l'avessi sempre fatto. E' una colpa forse? Rinaldo ha cominciato a dirmi che l'avevo ingannato, che ero stata con chissà chi e mi ero donata a lui solo dopo le nozze per fargli recitare la parte del coperchio su un cesto di corna. Da allora in poi ogni volta che ha potuto mi ha picchiato — vedendo che Roberta la stava fissando interdetta aggiunse — Te lo avrei confidato se avessi fatto l'amore con il parroco, ti dico tutto lo sai!

Roberta non sapeva cosa replicare. A dirla tutta anche lei aveva dubitato della spiritualità del legame tra Eva e quel religioso, del quale l'amica non aveva mai pronunciato il nome, ma non aveva certo il coraggio di contraddirla, non su quell'argomento tanto delicato. Per cui si limitò a rispondere con un "Ma guarda un po'!"

Eva intanto aveva abbassato lo sguardo e cercava di non dare a vedere il leggero rossore che le si era dipinto in volto. Quante volte aveva fatto l'amore con quel sacerdote? Non se lo ricordava nemmeno. Di notte si incontravano nel garage del palazzo e lo facevano nell'auto di suo padre, mentre i genitori dormivano tranquilli quattro piani sopra. Non avrebbe mai sposato Rinaldo se lui avesse mantenuto la promessa di lasciare i voti e tornare allo stato laico. Il sottile senso di rivalsa che sentiva ogni volta, mentre ricordava l'espressione che il suo prete aveva, la mattina che proprio a lui era toccato officiare la funzione nuziale tra lei e Rinaldo, stava ora dipingendo un leggero e cinico sorriso sul suo volto.

— Ma com'è carina oggi la nostra Roberta! — esclamò Giuliana, la pantera dal passo felpato che, ancora una volta, non avevano udito entrare.

— Grazie Giuliana, finalmente ieri sono andata a tosarmi, non ne potevo proprio più!

— Sei veramente graziosa con questo nuovo look! Dovresti curare un po' più il tuo aspetto, sai? — Ecco lì che un complimento si tramutava già in un sottile rimprovero. Roberta non rispose, tanto Giuliana già stava dirigendosi verso il suo ufficio.

— Parla lei, con quei capelli grigi legati sempre dietro la nuca, con quella crocchia che neanche una vecchia decrepita oserebbe portare! — disse Eva per sollevare lo spirito dell'amica e aggiunse — Ma secondo te, quella avrà mai copulato? — Eva era incredibile, riduceva qualsiasi argomento a considerazioni di tipo sessuale. Roberta le sorrise indulgente:

— Be', ai suoi tempi qualcuno che copulasse con lei l'avrà pure trovato! — rispose sottovoce stupendosi di come stesse iniziando a parlare volgarmente con la vicinanza della collega. Doveva prestare più attenzione al linguaggio da usare in casa, lei aveva Serena da crescere ed educare.

Giuliana,intanto, sorrideva mentre si dirigeva verso il suo ufficio. Era più forte di lei lanciare delle frecciate contro chi aveva avuto ciò che a lei era stato negato. Anche se si era imposta di non pensare più a lui, vedendo Roberta carina e visibilmente innamorata dell'uomo che aveva vicino, la sua mente volò lontano, nei luoghi e nel tempo. Si trovò di nuovo seduta sulla sabbia chiara, vicino alla rocca di Nettuno, con i capelli neri e lucidi sciolti sulle spalle, mentre lui le sussurrava quanto lei fosse bella, dopo averla posseduta per tutta la notte. Le indirizzava giocosi spruzzi di mare, e andava a leccarle le gocce che restavano sulla sua pelle come perle trasparenti e preziose. Era finita la guerra, lui era tra quelli che avevano liberato l'Italia e l'amava veramente. Un ricordo straziante, verso il quale Giuliana sapeva quanto fosse inutile cercare di alzare delle barriere. Tuttora, quando riviveva quella scena, la nostalgia era talmente forte da non farla respirare. Aprì le finestre del suo ufficio su Piazza Mincio e il gorgoglio della fontana le ricordò per un lungo momento la risacca di quel mare. Non riusciva mai però ad andare oltre nel rimembrare, era troppo penoso. Chiuse gli occhi e cercò di respirare il profumo di quell'aria dolce di primavera. Vi fu un giorno nella sua vita nel quale giurò a se stessa che non sarebbe stata mai più bella e avrebbe sacrificato il tempo che le restava da vivere solo per rimediare agli errori che aveva commesso.

Flora e Marina si presentarono sempre insieme, alle dieci circa, annunciate dalla solita ondata di profumo. Giuliana le guardò sorridendo e chiese loro:

— Tutto bene ragazze, com'è andata?

— Bene, ma erano un po'troppo esigenti, la prossima volta bisogna accordarsi meglio. Comunque li abbiamo convinti a servirsi sempre e solo di noi! — rispose Marina.

— Se non vi dispiace io mi vado a dare una rinfrescata — disse Flora, che sembrava sudata, come avesse fatto un giro di jogging. Eva e Roberta avevano lasciato la porta aperta. Roberta, desiderosa di complimenti per il suo nuovo taglio di capelli, sembrava non aver necessità di dormicchiare quella mattina. Fu Marina a voltarsi dalla sua parte:

— Guarda guarda la principessa che viene fuori dalla rana! Stai bene così Roberta!

— Grazie Marina, anche tu stai bene — rispose di getto lei, parlando senza riflettere e aggiunse — come sempre del resto!

Cadde di nuovo il silenzio, mentre si sentiva scorrere l'acqua nel bagno dove Flora sembrava si stesse facendo una doccia. Eva fissò Roberta senza parlare. Ambedue avevano udito la conversazione e non c'era molto da aggiungere ai sospetti che nell'ingaggio di Flora e Marina ci fosse qualcosa di strano. Ma cosa? E l'atteggiamento di Giuliana poi, più cordiale che mai, come se attendesse addirittura con ansia il loro arrivo, giustificando ampiamente il ritardo dovuto, all'apparenza, a motivi di servizio. Eva chiuse piano la porta, ma non a chiave e, sottovoce, chiese all'amica:

— Adesso condividi i miei dubbi? — Roberta fece cenno di sì, combattuta tra il voler conoscere gli strani retroscena di quella normalità e la voglia di non mettere a repentaglio il suo lavoro. Per Eva tutto sommato sarebbe stato facile, i suoi piani erano chiari, trovare qualcuno ricco e infischiarsene di tutti, mentre la sua vita era destinata a un tracollo totale, se lei avesse perso il lavoro.

Roberta, che proveniva da una famiglia agiata, sapeva quanto fosse facile dilapidare tutto. Nel sogno americano nel quale aveva trascinato moglie e figli, suo padre era riuscito a bruciare in breve tempo il patrimonio e disgregato la famiglia, innamorandosi di una ragazza yankee molto più giovane di lui. Roberta era stata rispedita in Italia, insieme ai suoi cari, e del suo papà non si erano più avute notizie. Cercarlo nell'immensità statunitense si era rivelata un'impresa impossibile. Inoltre, molto presto la loro condizione economica aveva imboccato la rapida discesa verso la povertà.

E la famiglia di Maurizio, suo marito, non viveva una situazione più florida, stretta dai debiti accesi dalla madre, un'altra anima inquieta che aveva sperperato stipendi e beni di famiglia al gioco. Un vizio come un altro, diceva Maurizio per giustificarla, ma il dato di fatto era che loro due stavano iniziando una vita insieme partendo da meno di niente.

— Qui bisogna prendere un po'più di confidenza con quelle due. Non vedi come si vestono? Abiti firmati, profumi parigini, sempre al massimo. Io e te invece una con l'occhio nero e l'altra che per miracolo si è andata a tagliare i capelli! — Mentre parlava Eva era seria e sembrava veramente inquieta, analizzando impietosamente la loro situazione.

— Senti, a me piace essere chiara, soprattutto con te. Lavorare mi serve, credi che non veda anch'io quello che so da anni? Lo sai che io ero costretta a sintetizzare i libri dei miei compagni perché mia madre non me li poteva acquistare? Insieme a me studiavano figli di politici, primari, perfino parenti di cantanti famosi e non puoi capire quanto sia stato frustrante il confronto continuo con il loro benessere, con le loro possibilità. Non avevano scrupoli sai a sbattermi in faccia la loro opulenza ed è stato sempre il solito ritornello *Ma perché non ti compri dei vestiti più alla moda, perché vai sempre in giro con gli stessi jeans?* Bene, adesso che sono una donna lo posso affermare a testa alta, io questo poco possiedo e di ciò mi accontento. Se avessi ragionato come te avrei sposato qualcuno dei miei corteggiatori che stavano sicuramente meglio di me. Ma io ho voluto l'uomo che amo e ciò che avrò lo costruirò con lui. Quindi se ti vuoi mettere alla caccia del grande mistero fai pure, ma non coinvolgermi, ti prego! — Eva non le rispondeva e, imbronciata, dava a vedere di essere molto interessata a leggere la corrispondenza che aveva sul tavolo.

Il silenzio cadde improvviso e lavorarono a testa china per il resto della giornata. Era il primo screzio tra loro e aveva fatto male a Roberta vedere l'amica ammutolita per tutto il giorno. Quando se n'era andata l'aveva salutata appena. Valeva la pena perdere un'amicizia per tenersi il lavoro?

Quanti pensieri affollavano la sua mente, mentre prendeva la strada di casa. Era quasi il tramonto e il sole scendeva dietro la sagoma del Colle Buggiano. A casa l'aspettavano Serena e Maurizio. Lui era senz'altro già pronto per uscire e lei sentì un morso nelle viscere al ricordo della notte che avevano trascorso insieme. Nello specchietto retrovisore vide il suo nuovo aspetto e si sentì di nuovo graziosa, per lui e per la loro vita insieme. Cosa poteva interessarle ciò che avveniva nel suo ufficio?

,

CAP. IV

Le prime ore di quella notte lui le aveva trascorse sdraiato sul letto, completamente vestito, pronto al sacrificio estremo. La sveglia sul suo comodino scandiva con fermezza i minuti che lo separavano dal grande passo e lui si sentiva finalmente soddisfatto per aver fregato la morte, prima ancora che lei lo sorprendesse. Sulle lucide travi del soffitto si rifletteva tremulo il riflesso della fontana delle rane, la cui nenia cullava i suoi ultimi pensieri. E lui vedeva scorrere le immagini della sua vita, sentendo forte il sapore della solitudine. I volti dei suoi compagni di scuola che lo deridevano mentre lui giaceva a terra, senza forze,con l'animo dilaniato dalla disperazione. Poi in seguito l'espressione delle ragazze che sfuggivano spaventate i suoi primi timidi sguardi di intesa. Toccò i polpastrelli delle dita, le cui unghie erano consumate fino alla base, ma decise che per le poche ore che gli restavano non era il caso di torturarle, rodendole fino a sentire il sapore del sangue. Finalmente era finita. Quando lei fosse giunta la mattina a portargli la colazione non l'avrebbe trovato. Sarebbe stata felice di averlo finalmente perso? Ormai la sveglia gli ricordava inesorabile che l'ultima corsa dell'autobus stava per passare a tutta velocità su Corso Trieste. Si alzò, indossò le scarpe e uscì, senza accendere la luce.

***

Eva stava sparecchiando la tavola e Rinaldo fumava seduto in poltrona. La suocera era in cucina e il padre di lui stava per accendere una sigaretta, seduto al tavolo, mentre fissava la nuora e il suo gesticolare lento. Quei movimenti morbidi e la sua bellezza seducente lo stavano infiammando, al punto di farla apparire ai suoi occhi provocante. Con i capelli brizzolati e i duri lineamenti intrappolati in una fitta rete di rughe, quell'uomo non vedeva l'ora di mettere le mani sui suoi seni sodi e, quando lei gli si avvicinava allungandosi per pulire la tovaglia, gli sembrava di sentire addirittura l'odore caldo e intenso della sua intimità. Tra lui e Rinaldo non c'era mai stato un buon rapporto, ma doveva ammettere che aveva portato in casa un'autentica bellezza. Eva ricambiò il suo sguardo e gli sorrise.

Roberta invece quella stessa sera tornando a casa aveva trovato finalmente una bella sorpresa. Suo marito non era in divisa pronto per andare via. L'aspettava invece indossando un paio di jeans e una maglia blu girocollo, con le maniche tirate sull'avambraccio. Serena vicino a lui era un vero spettacolo, con la scamiciata di velluto rosso e una camiciola bianca, i capelli ricci e biondi legati in una coda con un nastro rosso.

— Non vai al lavoro stanotte? — Roberta azzardò. Lui le sorrise, guardandola di sottecchi e rivolgendosi alla piccola.

— Glielo vogliamo dire alla mamma?

— Tìììì — rispose stentatamente la figlioletta. Roberta stava sentendo improvvisa una grande stanchezza, come se il non dover inseguire da sola il pianto di sua figlia le avesse liberato il sonno accumulato, invogliandola a gettarsi sul letto senza neanche sapere quale potesse essere la novità. Maurizio se ne rese conto e parlò velocemente.

— Ho chiesto qualche giorno di ferie, siamo entrambi troppo stanchi, e poi sto aspettando una risposta per un lavoro diverso, ti ricordi quella domanda che inviai alle Assicurazioni? — Roberta iniziò a vedere tutto sfocato, e si sedette di peso sulla poltroncina vicino alla porta. Si fece faticosamente strada in lei il ricordo di quella domanda, presentata senza alcuna convinzione a una compagnia di assicurazioni.

— Sì, mi sembra di rammentare qualcosa,ma che novità ci sono? — Il volto di Maurizio si aprì in un ampio sorriso.

— Mi chiameranno tra qualche giorno, avrò un colloquio con il capo del personale ed è possibile un'assunzione in tempi brevi! — Stavolta a Roberta girava proprio la testa, senza parlare si alzò, abbracciò forte il marito e, dopo aver baciato la piccola,si diresse in camera da letto, per cambiarsi.

Non vedendola tornare, Maurizio andò a chiamarla. Roberta sembrava morta, indossava ancora la gonna ed era rimasta in reggiseno, sdraiata a pancia sotto di traverso sul letto. Maurizio si avvicinò preoccupato ma, sentendo il suo respiro forte, capì che si era solamente addormentata. Tirò un lembo della coperta fino sulle spalle di lei e uscì in silenzio dalla stanza, sussurrando alla bambina:

— La mamma dorme, lasciamola stare, sch!

Flora era tornata a casa con la voglia di vomitare. Ciò che aveva dovuto fare durante la mattina non le era piaciuto, anche se ormai era rassegnata a quella vita. Quando aveva lasciato la sua terra per seguire il ragazzo che era poi divenuto suo marito, non avrebbe mai creduto di cadere così in basso. Aveva conosciuto Diego a Barcellona, uno dei tanti turisti che si accalcavano nei bar del centro bevendo sangria a fiumi, confortati dalle note dei flamenco. Era stata all'inizio l'origine spagnola del suo nome a interessarla. Poi le piacquero i capelli ricci, che ricadevano sulla fronte coprendo i suoi grandi occhi chiari. Un uomo piccolo di statura, con mani forti e minute, appassionato di arte in genere e in particolare di pittura. Diego si trovava a Barcellona in cerca di ispirazioni, alloggiava in una stamberga dove aveva accatastato i quadri che era riuscito a dipingere da quando aveva scoperto la magia della tela e dei colori.

E Flora gli si era concessa in quello scantinato, dove l'odore forte dell'acqua raggia si mescolava a quello di cipolla, peperoncino e spezie, che veniva dalle finestre del quartiere. Penetrata nel corpo e avvolta nell'anima, lei aveva compreso il significato dei loro sentimenti, amando insieme a lui le sue creazioni, dense di colori forti e gentili, irresistibili richiami di una passionalità sublime.

Diego l'aveva convinta a lasciare la Spagna e lei lo aveva fatto senza riflettere. La realtà le si era palesata solo dopo e in tutta la sua meschinità. Lui infatti si rifiutava di fare altro che dipingere, ammonticchiando uno sull'altro i quadri che non riusciva a vendere, il percorso di un artista fallito. Era stata lei a dover cercare un'occupazione per assicurare la loro sopravvivenza e a lui non interessava in cosa consistesse il suo lavoro.

L'amava, di questo Flora si sentiva certa, e anche lei nonostante tutto continuava ad amarlo. Adorava lo sguardo sperduto di lui, mentre scrutava ansioso la sua espressione, cercando la sua approvazione di fronte a un'opera nuova, appena terminata. E riteneva una riguardosa delicatezza l'attenzione che lui poneva nei movimenti, cercando di non svegliarla, quando di notte si alzava in preda a qualche ispirazione e cominciava a dipingere nella stessa stanza dove dormivano e mangiavano.

E ora Flora si sentiva schiacciata dalle scelte fatte in pochi anni, dalla durezza che ora dimostrava il suo animo un tempo tenero e sensibile. Quando si donava a suo marito cercava solo di non pensare a ciò che aveva fatto durante il giorno e a quello che l'aspettava l'indomani.

Ora, chiusa in bagno era vittima della nausea che provava per la sua realtà e della disperazione che le faceva salire agli occhi le lacrime represse. << Non so però quanto ancora potrò resistere!>> pensò angosciata mentre fissava la sua immagine riflessa nello specchio.

Marina invece era quella che aveva accettato ogni compromesso, sempre. Il suo obiettivo era divenire ricca e mettere su una compagnia teatrale, visto che non le era riuscito di entrare in quel mondo, neanche in Germania. A lei ora andava alla grande, anzi non vedeva l'ora che arrivasse il giorno dopo per veder crescere il proprio conto in banca. Per questo entrò in casa, si spogliò e si mise sotto la doccia calda per far scivolare via i ricordi di quella giornata.

***

Lui era uscito all'aperto, quell'aria tiepida gli stava piacendo, la respirava forte, erano le ultime boccate che inspirava. Voleva godere fino in fondo del profumo di oleandro appena fiorito e dell'odore umido di muschio, quello che negli anni si era formato attorno alla bocca delle rane, presenze ignare dei suoi passi e del suo delirio. Era solo in piedi al centro della piazza, mancavano ancora due minuti all'ultima corsa. Bagnò la mano con l'acqua della fontana, un saluto a una melodia che l'accompagnava da tanto tempo. Poi iniziò a camminare velocemente verso il grande arco illuminato dal lampadario in ferro battuto. L'eco dei suoi passi gli sembrava quasi assordante mentre si portava verso Corso Trieste. Nessuno li avrebbe più uditi per tutta l'eternità. Altre orme e nuovi suoni per quei marciapiedi, rumori più o meno forti nelle silenziose notti di quella piazza, mai più sarebbero stati i suoi. La morte non aveva vinto, era ancora lui a decidere. Sentì da lontano il rombo dell'autobus spinto a tutta velocità su Corso Trieste. Come aveva previsto alla sua guida c'era un uomo stanco, sudato, che non vedeva l'ora di raggiungere la sua famiglia. I fari fendevano l'oscurità del viale, illuminato a chiazze da fiochi lampioni. Luce e oscurità, lui desiderava solo il buio. Sarebbe sbucato all'improvviso, impedendo all'autista di frenare in tempo, costringendolo a schiacciarlo sotto le pesanti ruote. Un tonfo e l'incoscienza avrebbe avvolto i suoi pensieri.

L'autobus era lanciato al massimo in quel tratto e lui sentiva tutti i suoi muscoli tesi, come un ghepardo pronto ad afferrare la preda. Stava per ghermire la sua stessa morte. Il rombo del mostro era vicinissimo, lui poteva sentirne addirittura l'odore acre di motore bollente. Non appena i suoi occhi vennero abbagliati da quei fari avidi, lui li serrò e si lasciò cadere al centro della carreggiata. Udì uno stridore di freni che bruciarono la fresca aria notturna, il suono di un clacson disperato. Si raggomitolò in posizione fetale, sentì il richiamo dell'utero materno, il rientrare nel liquido amniotico per tornare a non essere più nulla. La vettura lisciò i suoi capelli, sbandò paurosamente e volteggiò come non avesse più peso, fino a fermarsi addosso a uno degli alberi al centro del Corso.

Lui non riusciva a riaprire gli occhi, avvertiva ancora il proprio respiro, ma sperava che fosse solo una sensazione mortale. Finché si sentì sollevare di peso da un uomo le cui mani tremavano paurosamente: "Si è fatto male? Ma che le è saltato in mente?" La divisa che indossava, gli occhi cerchiati di sonno, il colorito ceruleo insieme alla sua espressione terrorizzata gli fecero riconoscere il conducente che era riuscito a evitarlo per un pelo. Non gli rispose, si liberò dalla sua stretta e non si stupì dello sguardo schifato che l'uomo gli rivolgeva in quel momento. Era abituato a quell'espressione. Si allontanò lentamente per andarsi a sedere vicino all'arco. Frastornato, poggiò la testa sul mosaico dorato e si addormentò sotto alla statua della Madonna col Bambino, cullato dalle imprecazioni dell'autista del bus. La morte aveva vinto ancora una volta su di lui. Non c'era verso di ingannarla.

***

Roberta stava attraversando la strada come sempre, velocemente. Corso Trieste aveva il suo solito aspetto frenetico. Mentre il traffico aumentava, veloci camminavano sul marciapiede i professionisti, stringendo saldamente le proprie valigette portadocumenti. Avvocati, architetti e funzionari avevano i loro prestigiosi uffici in quella zona, dove pure i medici dei ricchi esercitavano negli eleganti studi. Un'aiuola fiorita tra la tristissima zona del cimitero e l'agiatissimo quartiere dei Parioli, dove eleganti e silenziosi condomini si affacciavano pigri sulla quieta Villa Glori.

Roberta si dirigeva verso il bar per fare colazione, quando la sua attenzione venne attratta da una forma inconsueta ammassata sul marciapiede, qualcosa che non riusciva a distinguere bene. Si trattava di un corpo afflosciato, con la testa poggiata alla base della piccola statua ai piedi dell'arco. La gente che camminava lì vicino vi si accostava e poi si allontanava in fretta, come alla visione di un mostro.

Lei si fece coraggio e si avvicinò. Era un uomo, non era morto, il torace si muoveva, respirava. Il volto di profilo e gli occhi aperti. Gli si accostò un po'più e si accovacciò, scuotendogli delicatamente un braccio. L'uomo si voltò, Roberta fece un salto e lui tornò a rivolgere lo sguardo nel vuoto, nascondendo quasi il volto. Mortificata, lei si fece forza e gli sfiorò di nuovo il braccio. L'uomo non si mosse.

— Si sente male, vuole che chiami qualcuno? — gli chiese, cercando di guardarlo in modo naturale. Lui si girò piano e fissò negli occhi a mandorla di lei il suo sguardo sbieco. Una delle pupille appariva normale, ma l'altra era molto più piccola e completamente rivolta verso il naso, a prima vista sembrava perfino di un altro colore. Ciò che però era veramente orrendo da vedere era la sua bocca, un caso di

Cheiloschisi, la cui errata correzione chirurgica aveva peggiorato la malformazione stessa. Il labbro superiore risultava accartocciato e ripreso con dei punti antiestetici e grossolani, come l'orlo di un abito cucito male, e lasciava intravedere una dentatura disallineata. I denti gialli di tartaro e scuri di carie. Le sue mani poi sembravano torturate, i polpastrelli mangiucchiati erano privi delle unghie, erose anch'esse fino alla base, dove si aprivano infezioni purulente.

Roberta non aveva mangiato e provò una forte nausea. Lui la guardò per un lungo istante, gli sembrò una visione. Gli occhi scuri della ragazza che aveva di fronte erano di una profondità immensa, il viso dolce che cercava di sorridergli disegnava delle deliziose fossette sulle gote pallide. Era una fata, un angelo o cosa? Era stato giusto non morire sotto le ruote dell'autobus, non fosse altro che per vedere quella donna, china su di lui, che cercava di aiutarlo. Conoscendo però il suo terribile aspetto, lui si meravigliò che lei non scappasse via come tutti. No, lei continuava a stare lì, accucciata vicino a lui, e il vento di primavera, che le muoveva la gonna larga, gli fece arrivare il suo profumo dolce e selvatico.

Tornò alla sua squallida realtà. Si alzò facendo leva sulla base della statuetta, rifiutando l'aiuto che lei continuava a offrirgli. No, doveva scappare, prima che a fuggire fosse lei. E ora desiderava solo racchiudere nell'animo quello sguardo dolcissimo, il primo che gli fosse stato rivolto nella sua vita. Le fece cenno di no e camminò veloce verso la piazza. La morte era lì, vicino a lui, sentiva l'eco dei suoi passi sotto l'arco, lo seguiva e lo derideva. Sembrava divertirsi tanto.

Roberta restò per qualche secondo accovacciata. << Che impressione terribile!>> si disse. Si alzò e le sembrò di barcollare. La testa le girava. Aveva dormito tutta la notte e si stava sentendo peggio delle mattine nelle quali l'adrenalina le dava una strana carica. Veloce si diresse verso il bar o sarebbe svenuta proprio lì, dove quel mostro era rimasto abbandonato fino al mattino.

CAP. V

Ad accoglierla il caldo profumo di croissant e la musica soffusa di sempre. La solita calca al bancone del caffè, chi poteva prendeva la sua tazza di cappuccino e si spostava a consumarlo sulle mensole poste ai lati del locale, per lasciare il posto libero ad altri avventori.

— Mio dio Roberta, ma che t'è successo?Hai gli occhi gonfi, arrossati e i lineamenti sembrano sfatti!

Eva aveva quasi terminato la colazione. Non indossava i suoi occhiali da sole e il livido attorno all'occhio si notava molto meno, forse anche grazie al trucco sapiente e generoso che si era passata. I suoi capelli erano lucidi e vaporosi e i ricci naturali adornavano deliziosamente il suo bel viso. Ma era triste, lo sguardo spento si notava da lontano.

— Non ci crederai mai, ho dormito finalmente!

— Ma non mi dire, Serena finalmente ha capito qual è la differenza tra il giorno e la notte?

— No, meglio! Maurizio ha preso qualche giorno di ferie, mi aveva visto troppo stanca e si è deciso a stare un po'con me.

— E finalmente! — esclamò sorridendo Eva.

— Io sono caduta in trance appena tornata a casa e mi sono svegliata stamattina. Di notte non ho sentito nulla, ma deve esserci stata la solita lotta, perché ho ritrovato padre e figlia che dormivano sul divano, coperti alla meglio. Non mi hanno neanche sentita uscire — disse sorridendo

Roberta, e ora che finalmente mangiava qualcosa i suoi occhi tornavano a brillare — hai visto quell'uomo sdraiato per terra vicino alla fontana dell'arco?

— Sì, mi sembrava un ubriaco e non mi sono avvicinata. Qualcuno si accostava e poi si ritraeva, quasi fuggendo via.

— Io ho preso il coraggio e mi sono avvicinata per aiutarlo, ma quando ho visto il suo volto…

— Cosa?

— E' un mostro, mi credi? Il suo sguardo non era cattivo, ma l'effetto che mi ha fatto osservarlo così da vicino è stato davvero impressionante. Non so cosa avesse fatto, ma non posso ricordare i suoi occhi, la bocca, altrimenti non riesco neanche a finire il cornetto.

— E che sarà mai stato!

— Poi, dopo la colazione te lo descriverò, voglio vedere che ne dirai tu! A proposito, tu invece Eva cos'hai? C'è qualcosa che non ti fa più sorridere e hai uno sguardo talmente triste!

— Devo andarmene da quella casa Roberta, hai ragione tu, e presto. In vita mia avrò sbagliato tante cose, ma non merito davvero di fare questa fine. Mio marito mi usa e poi mi rinfaccia, a suo dire, il mio passato. Non posso parlare senza rimediare un ceffone. Ora poi si è aggiunta una nuova difficoltà alla quale non ero assolutamente preparata.

— Cioè, cosa vuoi dire? — chiese Roberta, aggrottando la fronte.

— Mio suocero. Da un po' di tempo mi guarda in modo volgare, si capisce che vorrebbe mettermi le mani addosso. Ieri sera, mentre sparecchiavo, lui mi spogliava con lo sguardo e io ho fatto un grave errore.

— Cioè? — la sollecitò Roberta, mentre si dirigevano lentamente verso l'ufficio. Eva si accese una sigaretta e, dopo aver gettato fuori un paio di boccate di fumo continuò.

— Mi sono sentita in difficoltà, ho avuto paura che Rinaldo se ne accorgesse e quindi, più per farlo smettere che per altro, gli ho sorriso.

— Accidenti Eva, che è successo dopo?

— Non ho dovuto aspettare molto per vedere i risultati di quel sorriso. Verso le dieci Rinaldo e la madre si sono coricati e io sono andata in bagno a prepararmi per la notte. Quando ho aperto la porta, nella penombra del corridoio c'era lui, che ha fatto scivolare una mano sul mio braccio fino a darmi un pizzico forte sotto l'ascella. Che ribrezzo!

— E tu cosa gli hai detto?

— Nulla, solo un gemito, bastava che parlassi e tutti avrebbero udito. Sono scappata in camera e gli ho chiuso la porta in faccia. L'impressione dei suoi calli di muratore l'ho avuta tutta la notte addosso e ho paura a tornare a casa oggi!

Di nuovo, ancora una volta Roberta vedeva il futuro dell'amica. Ora, mentre i suoi occhi venivano inondati dal riflesso dei raggi solari sui mosaici dorati degli edifici, lei tornò a isolarsi, unica spettatrice della visione improvvisa che abbagliò il suo sguardo ancor più del chiarore di quella luminosa mattina. Eva, mezza nuda, spinta nella vasca da bagno mentre singhiozzava. Ebbe un lieve giramento di testa, poiché le sembrò di aver addirittura udito l'amica gridare.

— Oddio Eva, sono tanto preoccupata per te, sai? Io lo sento, è pericoloso che tu stia lì. Insomma non ne puoi parlare con Rinaldo?

— Lo ucciderebbe, ammazzerebbe suo padre credimi. Io non ce la faccio più, devo trovare il sistema di allontanarmi e non voglio tornare da mia madre, assolutamente!

Erano giunte di fronte al portone del palazzo. In quei caldi giorni di primavera era piacevole udire lo scrosciare della fontana delle rane, mentre si immergevano nella penombra e nel fresco dell'edificio. I problemi non avrebbero osato entrare insieme a loro. Sarebbero rimasti lì fuori, in silenzio, attendendo di riassalirle una volta terminato il turno di lavoro.

***

Lei era entrata per portargli la colazione, come sempre, ma si era subito accorta della sua assenza. Chiuse la porta e perlustrò con il cuore in gola tutta l'abitazione. Nella sala da bagno la vasca smaltata era ancora colma d'acqua e bagno schiuma. Lei immerse la mano e sentì che l'acqua era gelida. Si portò nella grande stanza da letto e vide il giaciglio intatto, anche se si indovinava la pressione di una sagoma sulla sopracoperta di raso rosso. Lui non era lì, forse non c'era mai stato e lei aveva vissuto solo un orrido incubo. All'improvviso il portone dello stabile cigolò e si chiuse pesantemente. Lei corse fuori dall'appartamento e salì una rampa di scale. Si accovacciò in attesa di vedere chi fosse a salire lentamente. Quando lo vide entrare in casa sentì la felicità inumidirle gli occhi. Non era andato via e l'incubo continuava, ma lui era vivo e stava ancora lì a pochi passi da lei.

***

Roberta ed Eva trovarono con grande sorpresa già Flora e Marina all'opera. Sembravano affaccendate, spostando degli scatoloni dalla loro stanza verso il corridoio. Era come se volessero dare un nuovo assetto all'ufficio.

— Che vi è successo? — chiese Eva senza nascondere una sfumatura sarcastica. Non era mai capitato che quelle due giungessero prima di lei al lavoro.

— Che vuoi dire? — rispose piccata Marina, che appariva radiosa. Flora, invece, era pallida e stanca. Si limitò a guardarle di sfuggita per poi continuare il suo lavoro.

— Assolutamente niente, e Giuliana? — si corresse Eva.

— Verrà tra poco insieme ai tecnici. Da oggi abbiamo in dotazione dei veri computer e ci saranno delle grandi novità? — Marina sembrava entusiasta, mentre Flora continuava a spostare la scrivania, senza proferire parola.

— Di che si tratta? — chiese Roberta. Flora si fermò un momento poggiandosi alla scrivania e finalmente parlò.

— Noi lavoriamo per lo più con il telefono, ma da oggi con il computer riusciremo a operare in modo diverso, più attuale e forse anche più semplice! — l'espressione del suo volto non accompagnava il forzato entusiasmo impresso al tono di voce.

— Volevo chiedervi da tempo in cosa consiste il vostro lavoro, se non sono indiscreta — si intromise Eva.

— Di questo dovete parlarne con Giuliana o con il direttore, sono loro che decidono il lavoro, a volte giorno per giorno. Perché me lo chiedi? — Marina sembrava in difficoltà.

Eva ignorò lo sguardo di Roberta, che la esortava a desistere dal porre domande.

— Lo chiedo solo perché ho necessità di guadagnare un po'più.

Marina e Flora si guardarono, poi insieme rivolsero lo sguardo verso Roberta.

— No no, io mi trovo benissimo così, non mi manca niente e riesco a seguire anche la famiglia. Anzi, me ne vado in ufficio che ho tanto da fare— diede un ultimo eloquente sguardo ad Eva, che abbassò il suo. Roberta stava entrando nella sua stanza quando si trovò davanti la kapò, seguita da due uomini che portavano delle pesanti scatole.

— Buongiorno cara!

— Buongiorno Giuliana — In quella novità c'era qualcosa di estremamente negativo e Roberta lo sentiva chiaramente. E ciò che stava per accadere le avrebbe sottratto l'amicizia di Eva. Non le piaceva avere quelle sensazioni così definitive, ma non poteva farci nulla, purtroppo di solito non si sbagliava. La pelle del corpo le si arricciava tutta, mentre un brivido le percorreva la schiena e lei già veniva proiettata in quella realtà.

Sei proprio una strega le diceva spesso suo marito, che si sentiva a disagio, addirittura spiazzato davanti alle premonizioni della moglie, che si avveravano poi puntualmente. E anche stavolta, vedendo tutto quel daffare dei tecnici nel corridoio dell'ufficio Roberta iniziava a sentire un nodo stringerle la gola, come a soffocarla, mentre improvvise perle di sudore le fiorivano sulla fronte. Entrò quasi barcollando nella sua stanza e si sedette di peso alla scrivania, ponendo il capo tra le mani, come fosse troppo pesante per reggere il pensiero di ciò che stava per divenire la loro quotidianità.

Ma conoscere anzitempo i fatti che sarebbero avvenuti l'aveva mai messa nella posizione vantaggiosa di poter evitare il peggio?No, mai. E questo accadeva anche perché la sensazione e le immagini che l'accompagnavano non erano mai tanto definite da poterle collocare in uno scenario preciso. Lei le vedeva e, pur non sapendone di più, già ne soffriva.

Le tornò in mente quel pomeriggio di tanto tempo prima, quando era ancora fidanzata con Maurizio ed erano andati al cinema, una domenica pomeriggio. Un film divertente, quasi demenziale. Eppure lei, che pure era serena e felice tra le braccia del suo ragazzo, iniziò a sentire un'angoscia terribile, le mancava l'aria, si sentiva soffocare. Mentre non le giungevano più i suoni dell'ambiente nel quale si trovava, né le risate del pubblico che continuava a svagarsi con le divertenti battute, lei vedeva immagini sconvolgenti. Persone che gridavano, scene di panico, fumo, tanto fumo che non la faceva respirare. Iniziò a tossire e a portarsi le mani alla gola e Maurizio si impressionò al punto che la fece uscire dal cinema di corsa. Lei si calmò e sembrò tornare alla realtà solo quando le portarono un bicchiere d'acqua, mentre era seduta sul divano della hall. Non tornarono in sala e non terminarono neanche la visione del film.

Tornata a casa capì, accendendo la Tv. Al notiziario primeggiava la notizia che in un cinema di Torino si era verificato un incendio, proprio durante la proiezione del secondo spettacolo e c'erano stati molti morti, intrappolati nella sala, annaspando in cerca delle vie di fuga, uscite di sicurezza che erano rimaste bloccate. Maurizio la chiamò al telefono:

— Roberta, tu mi metti paura, ma come hai fatto a sentire ciò che succedeva a chilometri di distanza? — Lei era interdetta quanto lui e impressionata al punto che ormai temeva l'arrivo di quel genere di avvisaglia.

Quindi pur non volendo dare spazio a sensazioni di quella natura, ciò che le accadeva era qualcosa che andava fuori dal suo controllo. E ora che aveva visto quegli uomini affaccendati tirare fuori fili elettrici e di connessione e che sentiva anche dalla sua stanza chiusa l'andare del trapano nei muri, sapeva inconfondibilmente che quello era l'inizio della fine.

Eva era rimasta di là con Giuliana e le altre e non accennava a raggiungerla. Di nuovo quel nodo in gola. Da quel momento in poi sarebbe rimasta sola nella stanza, ne era certa, e l'incontro ristoratore con l'amica non l'avrebbe più resettata, aiutandola ad affrontare le sue difficoltà e a terminare anche piacevolmente la giornata di lavoro. Purtroppo sembrava proprio che si stessero dividendo in due squadre. E lei era l'unico giocatore della sua.

CAP VI

— Signora Giuliana, le posso parlare? — chiese Eva mentre i tecnici iniziavano il lavoro.

— Certo Eva, possiamo dialogare qui o nel mio ufficio.

— Preferirei nel suo ufficio, è una faccenda personale. — Ora, al cospetto di quella donna e della sua freddezza, la voce sembrava mancarle.

— Di cosa si tratta? — chiese con un sorriso appena abbozzato Giuliana. Eva si torturava le mani, non sapeva da dove iniziare.

— Si tratta di me, cioè non proprio di me, ma di mio marito, ma non solo di mio marito…— Giuliana fece un gesto eloquente,levando la mano in segno di alt.

— Vai con calma e dimmi ciò che mi devi dire, ho anch'io il tempo limitato.

Si stava già sentendo il fastidioso rumore del trapano, ed Eva doveva elevare il tono di voce. Ci fu un attimo nel quale lei stessa pensò che sarebbe stato molto meglio alzarsi e andare a lavorare con Roberta, ma purtroppo sapeva cosa l'attendeva a casa. Quindi prese finalmente il coraggio.

— Ha ragione Giuliana. Dunque io devo poter guadagnare qualcosa in più, debbo andare via dalla casa di mio marito, se potessi non ci tornerei neanche oggi! — La voce le aveva tremato e lei non avrebbe voluto far notare le lacrime che le stavano salendo agli occhi, un tangibile segno di debolezza.

Giuliana era di fronte a lei, senza espressione la fissava con uno sguardo gelido.

— L'avrà notato anche lei quante volte vengo a lavorare indossando gli occhiali da sole, per non far vedere i lividi che mio marito mi procura in faccia. Mi picchia dal primo giorno di matrimonio e io non ce la faccio proprio più! Vorrei appunto chiederle di essere utilizzata in altro modo. Farei volentieri degli straordinari e posso imparare a utilizzare il computer, insieme a Flora e Marina.

Giuliana non sorrideva,mentre sembrava che lo facessero i suoi occhi.

— Eva, mi dispiace sentire cosa ti stia capitando, ma non è facile passare da un settore a un altro. Marina e Flora sono già state formate all'utilizzo del computer e hanno molta più esperienza di te nel settore delle public relations. Lo conosci l'ultimo modello del Commodore?

— Io voglio imparare, lei non sa quanto desidero migliorare la mia situazione, non ho la pretesa di pensare di essere alla loro altezza, ma imparerei presto!

— Eva cara, se poi tu passassi alle public relations, dovremmo assumere una nuova ragazza, chi si occuperebbe della corrispondenza che adesso curi tu? Hai visto che si stanno allineando anche i Paesi del Maghreb e il settore francese avrà un ulteriore impulso. Non so se potrò accontentare la tua richiesta, almeno nell'immediato.

— La prego Giuliana, non voglio esagerare dicendo che è una questione di vita o di morte, ma in un certo senso lo è!

Giuliana rifletteva e sembrava soppesare le parole che stava per pronunciare.

— Comunque tu sai che ogni decisione viene presa dal direttore. Quello che posso fare io è prenderti un appuntamento con lui per la prossima settimana, tutto qui.

— Giuliana, io le dico di più, sono disposta a seguire anche il settore della corrispondenza. L'utilizzo del computer mi agevolerebbe nell'evadere e archiviare l'epistolario. So che questi nuovi congegni offrono delle possibilità straordinarie.

— Eva, non ci vogliamo capire. Marina e Flora utilizzeranno il computer soprattutto per quei contatti che prima effettuavano con la normale centralina. Stai tranquilla parlerai con il direttore e vedrai che farà in modo di accontentarti, ha capito che sei una brava impiegata, non credo che vorrà perderti.

Quando sorrideva Giuliana incuteva ancora più timore, era un sorriso a tempo, che si sarebbe potuto presto trasformare in un'espressione dura, sprezzante, lo si sentiva a pelle.

— Bene, la ringrazio, attenderò con ansia il colloquio. Nel frattempo cercherò di non essere ammazzata di botte — concluse Eva alzandosi. Giuliana la guardò dirigersi verso la porta. Era davvero una bella ragazza, un importante acquisto per l'Organizzazione.

— Che bei capelli hai Eva, sai che anch'io alla tua età li avevo così lunghi?

Eva si volse verso di lei e sentì un morso allo stomaco. Le sembrò un malaugurio ciò che le aveva appena detto quella donna. Lei non sarebbe divenuta una mummia senza cuore. Le indirizzò un sorriso appena abbozzato e uscì nella nebbia che aveva invaso il corridoio.

***

Lui entrò in casa e chiuse forte la porta. Vide la colazione che l'attendeva sul tavolo e capì che lei già era stata lì e forse non si era accorta della sua mancanza. Ecco cosa l'aspettava una volta che per lui si fossero aperte le porte dell'aldilà, neanche una lacrima per la sua morte. Quanto aveva ancora da vivere? Il ticchettio dell'orologio gli ricordava che il tempo stringeva, e il fatto che lui fosse scampato a una morte certa gli diceva che a decidere il quando forse non poteva più essere lui. E ora poi che il suo sguardo si era incrociato con quello dell' angelo dagli occhi a mandorla, non aveva più tanta voglia di morire. Lei sì che l'aveva carezzato con le mani e con gli occhi. Calore e morbidezza, profumo di donna, ora lei era veramente un ostacolo al compimento del suo destino.

***

Era tardi quando il telefono di Roberta squillò.

— Pronto, chi è? — Dall'altro capo si sentivano solo dei respiri profondi. Stava per chiudere quando riconobbe la voce di Eva.

— Eva, sei tu? — chiese, mentre il terrore si impadroniva di nuovo dei suoi pensieri.

— Sì, Roberta, sono io — il tono della voce era debole e Roberta sentì la pelle accapponarsi.

— Cosa ti è accaduto?

— Poi ti spiegherò bene, ma domani non posso venire al lavoro e non potrò chiamare perché non sono a casa mia e neanche da mia madre.

— E dove sei, cosa diamine è successo?

— Ti spiegherò tutto al lavoro, non ce la faccio adesso e poi non ho gettoni a sufficienza. Dormirò in una pensione al centro, ma dopodomani ci vedremo sicuramente, non ti preoccupare per me, va tutto bene.

— Non ci credo che va tutto bene! Ti posso aiutare in qualche modo?

— No, devi solo dire alla signora Giuliana di ricordarsi del mio appuntamento e che dopodomani mattina sarò lì come sempre.

La notte ora sembrava a Roberta ancora più difficile. Serena si era svegliata e il marito non dormiva da quasi quarantotto ore, continuava a ronfare anche adesso che la figlia piangeva forte. Toccava a lei il turno di veglia e sentiva già il peso delle ore che stavano per trascorrere. Prese la bimba in braccio e coprì con una copertina Maurizio, senza svegliarlo. Guardò con rabbia il lettino della piccola. Ormai non le bastava più riposarsi non appena poteva, sonnecchiare ai semafori rossi o sulle pratiche in ufficio.

Il corpo si stava ribellando ai suoi ritmi e, con l'avvento del sonno e l'impossibilità di abbandonarsi, le sue membra iniziavano di nuovo a tremare visibilmente. Le sembrava di essere avvolta da un manto leggero di seta ghiacciata.

***

La notte era scesa anche su Piazza Mincio e lui si rifiutava di dormire. Se chiudeva gli occhi rivedeva quel volto stupendo, risentiva le dita leggere e lo svolazzare della gonna di quella donna dai grandi occhi a mandorla. Era forse un'orientale o solo un angelo mandato a lui per rasserenarlo? Ora che era stato oggetto di gesti tanto generosi, il ticchettio della sveglia lo turbava ancor più. Per lui il tempo, fino a quel momento, era stato solo un incubo, un fiume che lo trascinava alle brutture del giorno successivo. Ora invece ne stava assaporando un sottile retrogusto di agrumi e miele, una prorompente voglia di giungere il prima possibile al mattino seguente. Si affacciò sulla piazza deserta. Non gli era mai sembrata così bella! La luna enfatizzava con i suoi raggi candidi i mosaici dorati del Villino delle Fate, carezzava le logge, le colonne scolpite e avviluppate da glicini in fioritura, sfiorando mollemente il verde dei giardini. Inspirò profondamente l'aria, carica delle essenze di oleandri appena fioriti. Non si era mai accorto di quanto fosse frizzante. Lasciò le imposte socchiuse e si sdraiò sul letto. Decise che l'indomani, con il volto coperto da una sciarpa leggera e occhiali da sole, avrebbe atteso alla stessa ora e nel medesimo luogo l'angelo dagli occhi a mandorla. Desiderava seguirla per scoprire la direzione del suo cammino. Iniziò a torturarsi ciò che restava delle sue unghie fino a sentire il sapore del sangue. E se non l'avesse più rivista? Se fosse stata una donna di passaggio? Si girò varie volte nel letto paventando quella terribile eventualità. Proprio quando stava per albeggiare, cadde in un sonno profondo al ritmo dello scroscio della fontana nella piazza, unico melodioso suono a regnare nel silenzio assoluto.

***

Giuliana era soddisfatta, ora che in vestaglia, seduta davanti allo specchio del comò, spazzolava i capelli brizzolati, appena liberati dallo chignon.

L'Organizzazione le sarebbe stata grata per aver proposto un maggiore coinvolgimento di Eva, a vantaggio di un ulteriore miglioramento anche per la propria posizione. Gli occhi le si assottigliarono, esprimendo quel leggero e intimo sorriso a cui difficilmente si conformavano i lineamenti del suo volto.

Sapeva di avere un carattere duro, ma non era sempre stata così. C'era stato un tempo meraviglioso nel quale non aveva temuto di sorridere, anzi di ridere di cuore tra le sue braccia. I ricordi tornavano violenti, irrompevano sconquassandole l'animo, ed era duro tenerli a freno ora che si trovava sola in casa.

La costa era stata bersaglio di cannonate per giorni e notti e, con l'oscurità lei disperava di svegliarsi la mattina successiva. Spesso col buio, nonostante il coprifuoco, percorreva gli oscuri viali del castello di Nettuno, solo per vedere il bagliore delle cannonate, che lasciavano sull'acqua del mare una traccia arancione, come i raggi dorati di un sole nascente. Se fossero riusciti a sbarcare, sarebbe finalmente giunta la libertà. E così fu, nella luce di un giorno in cui la sabbia si colorò del sangue di migliaia di corpi. Terrore, angoscia, disperazione e l'aria che sapeva di morte e polvere da sparo. Il panorama completamente trasformato e molte abitazioni requisite. Lei, come tante altre, mobilitate a lavorare senza tregua per aiutare a curare i feriti.

Lui, con un braccio squarciato da una granata piangeva sul letto, mentre Giuliana si affaccendava a tamponare il sangue. Il dottore le fece capire che era necessario amputare l'arto ferito dell'uomo e lei si sentì strappare qualcosa dentro.

— No dottore, la prego, cerchiamo di salvarlo, un così bell'uomo, giovane!

— Se si infetta dobbiamo farlo per salvargli la vita.

— Gli depurerò io la ferita continuamente, non permetterò che si infetti, la supplico! Quanti anni hai? — chiese al giovane che continuava a lamentarsi.

— *Twentyeight, I come from Baltimore, I'm twentyeight!*— ripeteva l'uomo e il medico tradusse per Giuliana.

— Ha detto che viene da Baltimora e che ha ventotto anni, diamogli un po' di cloroformio che gli pulisco la ferita, sembra che i tendini non siano recisi.

Le fece segno di pigiare il cotone imbevuto sul viso dell'uomo che, di lì a poco, chiuse gli occhi e terminò il suo straziante lamento. Fu vedere come si abbandonava alla sua cura, il contatto tra le sue dita inesperte e la pelle di lui ruvida di barba,l'abbassarsi delle sue lunghe ciglia per sigillare quei grandi occhi azzurri che la fece innamorare. Nei giorni seguenti gli disinfettò la ferita di continuo, noncurante dei dolori che gli procurava. Desiderava solo farlo tornare a essere quello di prima.

Ventotto anni, Giuliana ne aveva compiuti da poco diciassette ed era bellissima. Lui l'aspettava impaziente, anche se la medicazione era sempre dolorosissima. Nonostante la sofferenza non desiderava altro che vederla giungere sorridente e sentire le sue mani. Quanti giorni trascorsero lei non lo seppe mai. Arrivò fin troppo presto quello nel quale lui poté lasciare il letto e sarebbe tornato negli Stati Uniti. Giuliana non nascose il dispiacere e lui non sembrò sorpreso, tanto era intenso per entrambi quel sentimento triste

— *Giuliana, my name is Mark* — le sussurrò, carezzandole il volto con la mano sana. Poi finalmente la baciò.

CAP VII

Flora era rientrata a casa e sentiva di essere sull'orlo di una crisi di nervi. Diego era lì, che dipingeva con la radio accesa, concentrato nel suo mondo di colori e sensazioni, mentre lei non riusciva a provare più alcuna emozione. Lui non aveva udito neanche l'aprirsi della porta e continuava a spennellare la sua tela. L'odore forte dell'acqua ragia stagnava ferma nel piccolo ambiente e Flora ebbe l'immediato impeto di aprire le finestre, non sarebbe riuscita a dormire ancora una notte con quel puzzo che le stava divenendo insopportabile.

— Ciao, amore mio! — le disse lui, poggiando la tavolozza e andandole incontro sorridente, pulendosi le mani con uno straccio imbevuto di acqua raggia. Fece il gesto di baciarla, ma lei si ritrasse — Cos'hai, è successo qualcosa? — Flora lo fissò e nel suo sguardo si poteva leggere perfino del disprezzo. Diego andò ad abbassare la radio,in quel momento dava *Enola Gay*, e si avvicinò alla moglie, cercando di spostarle una ciocca di capelli dagli occhi, con una carezza.

— Non mi toccare che questa puzza non la sopporto più! — esclamò lei, senza mezzi termini.

— Oh, ma che cosa hai, che ti ho fatto? — Quella era la domanda che metteva sempre in crisi Flora. Che le aveva fatto del resto? Le aveva solamente stravolto la vita, si era adagiato su di lei, schiacciando la sua volontà e i suoi valori, sfruttando l'amore che lei nutriva nei suoi confronti. Eppure davanti alla domanda diretta *Che ti ho fatto?* Lei non sapeva altro che rispondere:— Niente, sono solo stanca!

— Sdraiati sul letto, vuoi che ti faccia un caffè? — disse lui, ma la sua premura non era sincera, lei lo sapeva bene. Quando tornava dal lavoro trovava ancora la cena da cucinare, i panni da lavare e, se lui si offriva di fare qualcosa, il tono implicava già la risposta di Flora.

— Non ti preoccupare, lo faccio io — ma stavolta lei sentiva veramente di non poterne più e, mentre lui la guardava con espressione interrogativa gli disse a bruciapelo:— Voglio tornare a Barcellona o addirittura a Madrid, dove sono nata! — e scoppiò in un pianto che non aveva fine. Lui attese paziente che la moglie si sfogasse, le si sedette accanto senza parlare, in attesa di vederla più calma.

— Lo sapevo che prima o poi l'avresti detto, ed è normale. Tutti sentono il desiderio di tornare al loro Paese, quando si trovano all'estero. Sono dei passaggi obbligati dell'animo umano. Vuoi tornare lì dove non ti aspetta nessuno? Non stai bene qui insieme a me?

Era vero, lei aveva perduto i suoi genitori e anche i parenti più prossimi. Ora si sentiva colpevole per tutto ciò che gli aveva nascosto del suo lavoro, anche se quello che lei era costretta a subire era l'unico modo per poter vivere decentemente, l'aveva fatto anche per lui. Diego non usciva mai dal suo mondo, era come un bambino a cui piaceva giocare e sognare e Flora non l'avrebbe mai voluto svegliare.

Si asciugò le lacrime e lo guardò intensamente. Le piacevano ancora da morire quei suoi ricci scuri, che ribelli gli ricadevano sul volto. Non voleva ferirlo e già si faceva strada in lei un sottile rimorso per averlo aggredito, non le era possibile stargli lontana. Abbozzò un sorriso e lui le rispose con un bacio appassionato.

— Guarda Flora, non vedi amore mio come sta venendo bene questo quadro? Sembra una rapsodia, è una meraviglia! — Flora si tirò su per osservare bene la sua opera. Il bimbo che albergava in quell'uomo già cercava la sua approvazione. Il dipinto era indubbiamente bello, ma lei notò che, invece del colore bianco, lui aveva usato il dentifricio.

— Ma sei scemo? Hai scambiato il dentifricio per un colore?

— No! — rispose lui ridendo — avevo finito il tubetto del bianco, così ho usato il dentifricio. Anzi, me lo puoi comprare tu domani il colore o mi lasci i soldi e ci penso io? — Flora restò con un sorriso ebete stampato sulle labbra. Non c'era verso di cambiare le cose e disse, senza entusiasmo:

— Domani te lo compro io, stai tranquillo.

***

Lui si era addormentato profondamente con la nenia delle rane e del loro perenne gettare acqua, e si era svegliato troppo tardi. Il sole era ormai alto e aveva perso l'opportunità di rivedere il suo angelo. Si alzò e diede un pugno sulla parete. Iniziò a camminare su e giù per la stanza, un puma nella gabbia dello zoo. Come poteva aver dormito senza pensare che stavano trascorrendo quelle ore cruciali per rivedere lo sguardo dolce di quegli occhi? Ora si allontanava ancora di più l'ipotesi di rincontrare quella donna. Uscì dalla stanza da letto e percorse su e giù il lungo corridoio, in modo ossessivo. Andò in cucina e con un gesto rabbioso gettò in terra la colazione che lei gli aveva come sempre lasciato. "Maledetta, non voglio mangiare più, mai più!" urlò.

Poi iniziò a piangere, e quando cercò di asciugare gli occhi, sentì che il pus delle ferite sulle mani si mischiava con le lacrime calde. La disperazione che stava provando poteva anche suggerirgli finalmente un modo veloce per morire, ma ora non lo desiderava più. Almeno non prima di aver rivisto uno sguardo come quello. Ricordò che nello stesso armadio dove erano custodite le armi antiche c'era un binocolo, un oggetto di fattura forse più recente. Andò a prenderlo e pensò che dalla sua finestra era facile scrutare la piazza. Se il destino gliela avesse offerta, non avrebbe sprecato un'altra occasione per scorgere la ragazza. Aprì la finestra e si mise a spiare di fuori, coperto dalla pesante tenda.

***

— Oh mio Dio! — esclamò Roberta nel vedere entrare Eva — lo sentivo, sapevo che sarebbe accaduto qualcosa di brutto! — Gli occhi della ragazza erano gonfi, e lei era stravolta, l'ombretto che aveva spalmato senza cura sulle palpebre si era addensato in una striscia scura, e la sua chioma folta non c'era più, la testa era rasata. Le rughe d'espressione si erano accentuate sulla sua pelle tirata.

Indossava un paio di jeans e una camicetta, ai piedi delle ballerine argentate. Sembrava un'altra persona.

— Io non ci volevo tornare l'altra sera a casa, non ci volevo tornare! — e si sedette alla scrivania piangendo, nascondendo il volto tra le braccia conserte. Roberta tacque e l'amica iniziò a raccontare.

— Sono rientrata a casa e c'era solo mio suocero che si stava dilettando a cucinare qualcosa. "Ciao" gli ho detto senza guardarlo in faccia e sono andata diretta nella mia stanza da letto a cambiarmi di abito. All'improvviso me lo sono visto entrare in camera, con i pantaloni calati. Mi si è avventato addosso. Io ero spogliata e ho iniziato a urlare. Lui mi ha tappato la bocca mentre cercava in ogni modo di possedermi, ma io sono riuscita a impedirglielo! — Roberta la guardava a bocca aperta e attendeva di sentire cosa fosse accaduto ancora. — In quel momento è entrato in casa Rinaldo e non puoi capire cos'è successo! — Mentre parlava Eva torceva addirittura la bocca — E' entrato in camera da letto e ha brutalmente sollevato il padre, dandogli un pugno in pieno viso. Quel porco si è alzato, tirandosi su i calzoni e imprecando è corso in bagno. E'tornato subito dopo premendo della carta bagnata sul naso che sanguinava. Rinaldo intanto, mi stringeva talmente forte il braccio che sembrava volesse spezzarlo.

— Dio mio Eva, quante volte ti ho detto in questi ultimi giorni che te ne dovevi andare da lì, prima che accadesse qualcosa di veramente irrimediabile! — la rimproverò quasi Roberta.

— Avevi ragione, cosa vuoi che ti dica adesso? Comunque non appena rientrato in camera mio suocero ha iniziato a inveire contro di me, parlando però con il figlio *"Non ti sei accorto che hai sposato una poco di buono? Non sai in che modo mi ha provocato, quante volte ha girato per casa seminuda quando tu non c'eri o dormivi! L'altra sera mi ha addirittura sorriso, che vuoi che facessi io, sono più di trent'anni che ho la stessa moglie, e tu mi porti dentro casa la carne fresca di questa donna!"* Rinaldo è diventato un animale feroce e ferito. Mi ha dato un paio di schiaffi e poi mi ha trascinato in bagno. Dopo aver chiuso la porta, mi ha spinto sul bordo della vasca e mi ha tenuto con la testa sotto l'acqua gelata della doccia. Infine ha aperto il mobiletto delle medicine e mi ha spalmato sui capelli la pomata per le emorroidi, gridandomi che lo sapeva chi ero veramente e che dovevo uscire per sempre dalla sua vita!

L'amica sul bordo della vasca, lei non si era sbagliata neanche stavolta.

— Dai, Eva, non te la prendere, è una famiglia di violenti, purtroppo ci sei cascata tu. Ma poi cosa hai fatto dopo, perché hai la testa rasata?

— Mi faceva male il braccio, mi sembrava che quei due stessero per uccidermi. Allora sono tornata nella camera da letto con un asciugamano avvolto sulla testa, ho raccolto poche cose, i documenti e i miei soldi e sono scappata per le scale prima che Rinaldo mi potesse raggiungere. "Vattene che è meglio!"mi ha gridato dalla porta. Io sono corsa nel negozio del più vicino parrucchiere, che stava quasi per chiudere. Quando gli ho spiegato cosa mi fosse accaduto prima si è messo a ridere forte, che non gli era mai capitato un caso come il mio, poi ha provato con una serie di prodotti a liberarmi la cute e i capelli da quel grasso. Alla fine mi ha consigliato di tagliarli cortissimi, di rasarli perfino. Poteva addirittura ledere la crescita dei capelli quella maledetta sostanza schifosa destinata al culo di mia suocera! — Roberta sapeva che non doveva farlo, ma non ce la faceva a trattenere le risate. Vedere l'amica, che sembrava uno zombie, la testa rasata, gli occhi sporgenti, riusciva a riconoscerla solo dal timbro della voce e adesso, ci mancava solo quell'ultima affermazione circa il sedere della suocera. Scoppiò a ridere, senza ritegno. Si sedette e si abbandonò a una serie di risate che iniziavano a farla contorcere. Eva la guardava fissa, non emetteva neanche un suono, seria e imperturbabile. Poi iniziò a ridere anche lei, prima piano e poi in modo irrefrenabile. E quando sembrava che una finisse era l'altra a continuare, reggendosi lo stomaco per lo sforzo. Neanche il fatto che qualcuno stesse bussando alla loro porta le fece smettere.

— Che succede qui dentro? Oh Santo Cielo, ma tu non puoi essere Eva! — esclamò Giuliana vedendo la ragazza che era seduta di fronte a Roberta.

— Invece sono io signora Giuliana e lei adesso ha la prova di fronte a sé di ciò che le ho detto l'altro giorno!

— Ma cosa ti hanno fatto, ti sei fatta visitare? — Le chiese Giuliana preoccupata. L'appuntamento con il direttore era fissato, come d'accordo. Cosa avrebbe pensato lui vedendola ridotta in quel modo?

— Stavolta non ho preso schiaffi o pugni, non c'è bisogno che mi faccia visitare, però la sua violenza mio marito l'ha sfogata sui miei capelli!

— Non ci si crede. E ora cosa facciamo, il direttore ti potrà ricevere domani sera, dopo l'orario di servizio, ma se non te la senti rimandiamo.

— Me la sento eccome Giuliana, la prego, ho veramente bisogno di aiuto. Da casa sono scappata, stanotte ho dormito in una pensione e non voglio farmi vedere dai miei in queste condizioni. Direi che stavo ridendo insieme a Roberta solo per disperazione! — Giuliana iniziò a camminare su e giù per la stanza e intanto rifletteva.

— Hai qualche soldo con te?

— Circa trecentomila lire.

— Dunque l'essenziale è che tu faccia un bell'effetto domani sera. Io posso anticiparti una parte di stipendio, ma tu domani dovrai essere presentabile, elegante e con i capelli lunghi. Dovrai fare una buona impressione, non te ne pentirai.

Più sentiva parlare Giuliana e più Roberta si rendeva conto che il colloquio che Eva aveva avuto con lei qualche giorno prima stava già dando i suoi frutti. Giuliana uscì dalla stanza e Roberta fissò l'amica in modo interrogativo.

— Non lo prendere come un tradimento Roberta, io non ti ho nascosto i miei piani. Sei tu che non ne vuoi sentir parlare. A te sta bene ciò che fai e non vuoi migliorare, io invece voglio andare avanti e pensare solo a me stessa.

Roberta non le rispose, la realtà le stava ripiombando addosso senza segni premonitori. Non le andava più di ridere e tornò a lavorare a testa bassa, come era abituata a fare lei, da sempre. Eva fece altrettanto, ma dopo un'oretta se ne andò, dicendo che sarebbe tornata la sera successiva, completamente ristabilita.

CAP. VIII

Marina era in piena conversazione con un funzionario tedesco e utilizzava sicura il computer nuovo di zecca che aveva dinnanzi a sé. Flora invece stava chiudendo la sua postazione e si apprestava ad andare via. Roberta, che usciva dalla porta del bagno, restò di stucco vedendo entrare Eva. Indossava un completo azzurro, dalla cui giacca spuntava il merletto di una camicia bianca in pizzo macramè. E i capelli erano veramente incredibili. Lunghi, mori come i suoi e lisci come quelli delle thailandesi. Un paio di scarpe decolté con il tacco a spillo e calze velate e azzurrine le davano l'aspetto di una raffinata hostess. La borsetta blu, con tracolla d'argento, completava l'abbigliamento. Una nuvola di profumo intenso, quasi selvaggio, inondò l'ambiente.

— Mi dici come hai fatto in un giorno a diventare questo schianto?

— Non te lo chiedere, vedrai che otterrò ciò che voglio. Non guardarmi in quel modo i capelli, dirò che li ho lisciati con la piastra, ma in realtà è una parrucca. Sembrano naturali, vero?

Roberta era veramente senza parole. La fissò per un istante e sentì chiaramente che il pericolo incombeva ancora sull'amica, senza visioni, solo una netta, inequivocabile sensazione.

—Sei sicura che questa sia l'unica via di uscita? Io lo sento, non chiedermi come, ma so che qualcosa non quadra. Ti prego, pensa bene a ciò che fai, se hai bisogno di tempo proverò a ospitarti io, ma non ti mettere nei guai!

Eva la guardò con affetto, Roberta le voleva veramente bene, ma lei era troppo determinata per farsi sfuggire l'occasione. Aveva subito le voglie e le violenze degli altri. Ora toccava a lei raccogliere qualcosa del suo impegno.

— Roberta, ti ringrazio e non lo dimenticherò, credimi, ma questo lo debbo fare.

— Oh Eva, ecco come ti volevo presentare al direttore! Hai fatto proprio un bel lavoro e guarda che capelli! — le interruppe Giuliana e continuò — Siediti alla tua scrivania, noi stiamo tutte per andare via. Avverto il capo che sei pronta per il colloquio. Parlagli pure dei tuoi problemi, è un uomo molto comprensivo e ti saprà capire.

— Anche lei Giuliana andrà via? — Chiese Eva e sembrava sconcertata.

— Sì, lui preferisce così, avrete tutto il tempo e la tranquillità per trovare una soluzione, non ti preoccupare! — Così dicendo tornò nel suo ufficio. Eva si sedette alla scrivania, mentre considerava che le persone non si conoscono mai abbastanza. Non avrebbe più chiamato Giuliana *la kapò*, dietro a quella scorza ruvida invece c'era una donna sensibile che la stava aiutando fattivamente. Lo sguardo cupo di Roberta non la turbò. La vide prepararsi in silenzio, spegnere la macchina da scrivere elettrica e uscire dall'ufficio, non udì il suo saluto.

Adesso, da sola nella stanza, Eva sentiva trascorrere i minuti e iniziava a sentirsi terribilmente nervosa, nonostante la sua determinazione. Accese una sigaretta e la spense poco dopo. Vide uscire Flora che la salutò a mezza bocca. Allora si alzò e iniziò a camminare su e giù. Sbirciando attraverso la porta socchiusa in fondo al corridoio, lei vide che i computer avevano lo schermo rivolto all'interno e che l'ufficio aveva preso un aspetto completamente diverso. Da quell'angolazione non si riuscivano a scorgere le scrivanie ed era quantomeno strano che vi fossero dei faretti, che ricordavano quelli dei set cinematografici. Marina capì che qualcuno stava spiando all'interno e si affacciò nello spiraglio della porta.

— Ah, sei tu? Scusami, devo chiudere — Eva si allontanò. Continuava ora a tornarle alla mente lo sguardo cupo di Roberta. In quale situazione si stava cacciando?

— Allora, tra una ventina di minuti puoi andare dal direttore, noi intanto chiudiamo l'ufficio — disse Giuliana mentre si avviava verso l'uscita.

— Ok, grazie ancora Giuliana!

— Prego cara, quando si può essere utili siamo tutti contenti.

***

Lui aveva passato l'intera giornata a frugare attraverso le lenti del binocolo negli edifici attorno alla piazza Mincio. Non era riuscito a rivedere il suo angelo dagli occhi a mandorla. Si stava convincendo, anzi, che si fosse trattato solo di un'ulteriore beffa architettata dalla morte, che si stava spietatamente prendendo gioco di lui. Forse una visione, messa lì ad arte per fargli desiderare ancora una volta di vivere. Del resto che gusto c'era a prendere la vita di chi non sapeva più cosa farne? Era meglio che lui provasse dei sentimenti, che si aggrappasse a una speranza, ci sarebbe stata più soddisfazione nel portarlo via. Aveva sentito i suoi passi gelidi e le sue risatine sarcastiche in quella strana giornata. E ora la temeva,intuiva l'aggirarsi della sua ombra letale nella stanza mentre, protetto dalle pesanti tende, guardava fuori scoprendo un mondo nuovo.

Stava imparando molto sui ritmi di quel quartiere. Il Villino di fronte restava silenzioso per l'intera giornata nonostante si intuisse, dalle ombre che si muovevano dietro ai vetri molati, una certa attività all'interno. Il riflesso dei raggi solari sui mosaici dorati avevano scandito il suo tempo. Verso sera,il via vai di persone che camminavano impettite, brandendo una valigetta nera di documenti, aveva animato la piazza. E lui non aveva mangiato durante il giorno, per non abbandonare lo spettacolo teatrale che si apriva davanti ai suoi occhi. Vicino a sé aveva solo una bottiglia d'acqua che ogni tanto sorseggiava. Ormai era sera e la piazza era vuota. Si sentiva forte solo lo scrosciare della fontana delle rane. Stava per chiudere l'obiettivo quando si accese una luce nel palazzo di fronte al suo, in una stanza d'angolo. Lui accomodò il fuoco dell'obiettivo. Nella camera era entrata una ragazza bellissima, la stessa che aveva visto varcare la soglia del palazzo un paio d'ore prima, e che adesso era seguita da un uomo grasso, con un sigaro spento in bocca. Lui le diceva qualcosa e lei si toglieva piano la giacca, iniziando subito a sbottonarsi la camicetta. Gettò entrambe su una sedia. Era rimasta in reggiseno, ma al di sotto indossava ancora la gonna. L'uomo le parlò di nuovo con il sigaro tra le labbra, mentre le si avvicinava piano. Ora lui era di spalle, ma dai suoi movimenti si sarebbe detto che stesse carezzando la ragazza. A tratti era visibile il volto di lei, che aveva la pelle ambrata e sembrava arrossire. Le sue mani si sollevavano come a staccare quell'essere da lei, ma poi tornavano lungo i suoi fianchi, senza ribellarsi.

A un certo momento l'uomo si allontanò e sembrò ordinarle qualcosa, mentre si sedeva sulla sedia, schiacciando con il suo peso gli indumenti che lei vi aveva deposto. Lei, obbediente, iniziò a maneggiare la lampo della gonna. Al di sotto le sue gambe, velate da calze azzurrine, erano snelle e lunghe. Nel gettare in là la veste, lei alzò lo sguardo e notò le veneziane aperte. Lo fece notare anche all'uomo e lui si portò veloce vicino alle finestre, scrutò nel buio all'esterno e le chiuse saldamente. Lo spettacolo era finito, ma non era difficile immaginare cosa stesse accadendo all'interno di quella stanza e lui sentì un piacere fisico inaspettato.

***

Roberta, la mattina successiva, trovò la situazione che aveva immaginato. Andò da sola a consumare la colazione nel solito bar di Corso Trieste. Aveva atteso Eva all'angolo di Piazza Mincio per più di quanto potesse. Dell'amica neanche l'ombra, e ad aumentare la sua sensazione di disagio c'era il fatto che le sembrava di essere osservata. Si era anche fermata all'improvviso, facendo un giro completo su sé stessa, ma niente, non c'era nulla che potesse metterla in sospetto. Eppure la percezione era chiara.

Il bar era affollato come sempre. Stavolta non c'era Eva, che con il suo incedere calamitava l'attenzione degli uomini e otteneva che aprissero un varco per farla passare. Roberta cercava inutilmente di essere notata dal barista, ma il suo alzare la mano con lo scontrino pagato non sortiva ancora alcun effetto.

— Mi fa un cappuccino per cortesia e mi dà un cornetto semplice? — gridò quasi a un certo punto, quando le sembrò di essere vista dall'affaccendato cameriere. Una lotta, ecco cos'era stata la colazione per lei quella mattina, accidenti! Ora che si avvicinava all' ingresso dell'edificio pensava che se Eva non le avesse fatto compagnia nei giorni successivi, lei avrebbe cambiato di certo abitudini. Tutto le sembrava più pesante, anche il portone. D'istinto, prima che il grosso battente si richiudesse, lei ne fermò la corsa e si affacciò di fuori, ancora con la fastidiosa sensazione di essere stata osservata. <<Sono le nottate che faccio con Serena a procurarmi queste allucinazioni. Meno male che sta tutto per cambiare!>> Mancavano pochi giorni al colloquio di suo marito alle Assicurazioni e pensò che forse il peggio era passato.

— Buon giorno e bene arrivata! — le disse forte Giuliana, — tutto bene? — aggiunse guardandola meglio.

— Tutto bene Giuliana, non si preoccupi — rispose ferma Roberta ed entrò veloce nel suo ufficio. Eva non c'era e la scrivania era in perfetto ordine, anche la corrispondenza che vi giaceva il giorno precedente sembrava essere stata evasa, ma quando?

— Non c'è Eva? — chiese a Giuliana.

— Viene più tardi, ha una commissione da sbrigare — rispose sorridendo appena. Solo allora Roberta si accorse che Giuliana aveva entrambe le mani impegnate a portare via delle pratiche. Dal colore delle buste lei riconobbe gli atti che erano affidati a Eva. L'amica non avrebbe più occupato la scrivania nella sua stessa stanza, Roberta lo capì subito. Guardò il tavolo di fronte al suo desolatamente vuoto. <<Bene, starò sola in ufficio, chissà quanti desiderano lavorare in santa pace!>> si disse, ma qualcosa dentro di lei piangeva forte. E non era solo perché Eva si allontanava. Ciò che stava sperimentando era una sottile frustrazione per non poter intervenire, mentre percepiva la pericolosità che incombeva sull'amica, ora che intraprendeva quel percorso tanto temibile, forse più dello stare dentro una casa di violenti. Cercò di concentrarsi per richiamare una qualsiasi immagine premonitrice, che le rendesse finalmente chiaro quale fosse il rischio che Eva stava per correre, ma purtroppo quel fenomeno era fuori dal suo controllo. Era inutile, più si sforzava di immaginare e più la sua mente volteggiava senza meta, dipingendole degli scenari improbabili e incomprensibili. Le sembrava infatti di trovarsi nell'inquietante ombra notturna di un bosco, forse una pineta, in lontananza il rumore ritmico delle onde del mare.

Quando finalmente Eva entrò dall'ingresso principale dell'ufficio erano quasi le undici della mattina. Indirizzò a Roberta, che aveva lasciato la porta aperta proprio per vederla giungere, un cenno di saluto e, senza fermarsi, andò dritta nell'ufficio di Giuliana. Indossava un abito color pesca, aderente e scollato e sopra una giacca dello stesso colore. I capelli lunghi e lisci erano quelli della parrucca. Un paio di scarpe di vernice col tacco a spillo e una borsetta nera anch'essa di vernice completavano l'abbigliamento. Neanche avesse dovuto partecipare a una cerimonia. Roberta si alzò e chiuse la porta del suo ufficio.

Lo sguardo di Eva non era felice, il colorito le era sembrato sbattuto, nonostante l'abbondante trucco. Comunque se quello era il disegno del destino lei non poteva farci nulla. Aveva imparato a sue spese che gli avvenimenti si intrecciano in un modo del tutto autonomo e incontrollabile. Da quando suo padre l'aveva abbandonata, lei si era abituata ad abbassare la testa di fronte alle difficoltà, ma non per rassegnazione, riteneva che fosse l'unico modo per radunare le forze e attendere. Una lezione indimenticabile ricevuta dalla persona che stimava più di tutte.

E adesso che riprovava la tristezza di sempre, si sentiva completamente senza difese di fronte alla sensazione che più di tutte schiacciava il suo animo, l'abbandono.

Lavorò molto, senza voler pensare e quando arrivò il momento di andare a casa evitò anche di andare a pettinarsi, non vedeva l'ora di uscire da lì.

CAP. IX

Flora non ne poteva veramente più. Stavolta Diego doveva stare a sentire ciò che lei aveva tenuto per sé. Era ora che si prendesse le sue responsabilità come uomo e soprattutto come marito. Suonò alla porta ma lui non era in casa. Entrando venne aggredita dal solito odore di acqua ragia, insopportabile quanto la situazione nella quale ormai era costretta a muoversi.

Ciò che provava ora era solo una grande nostalgia della sua città, dei tramonti infuocati, dell'aria asciutta che la colmava di energia. Avrebbe pagato oro per entrare in uno dei locali del centro di Barcellona e vedere ballare un flamenco. Lui le aveva fatto credere che Roma fosse poco meno che il Paradiso. E invece lei si sentiva nell'ultimo girone dell'Inferno.

Ora non bastava più parlare di sconcezze vergognose per ore al telefono. Adesso si doveva incoraggiare la selezionata clientela ad avere incontri privati. Uomini attempati, funzionari di Organismi internazionali, di ambasciate e anche alcuni politici. Lei doveva partecipare a incontri sessuali, dove la sua missione era cercare di catturare notizie utili all'Organizzazione.

Perfino ammissioni di poco conto a volte potevano completare il puzzle di eventi ben più importanti. Il mondo stava cambiando, la guerra fredda sembrava volgere al termine, ma c'era una fitta rete di notizie da carpire, scambiare e, in alcuni casi, vendere. L'indomani l'incontro fissato era con un funzionario sud americano e lei non se la sentiva di incontrarlo di nuovo. <<Non sopporto l'idea

di sentire di nuovo le sue mani piccole e sudate scorrere senza sosta sulla mia pelle, mentre il suo alito cattivo sfiorerà il mio volto e i capelli!>>

Era pur vero che Giuliana provvedeva a farle trovare in busta paga una ragguardevole indennità aggiuntiva, per ogni incontro di quel genere, ma ciò non rendeva la cosa più sopportabile. Era importante raccontare tutto a Diego e dopo sarebbero dovuti scappare lontano. Si trovò a pianificare una fuga. Quando le era stato offerto il lavoro le avevano parlato solo di una hard chat. Le era sembrata allora una grande possibilità per guadagnare di più di quanto avesse ottenuto traducendo e archiviando atti amministrativi. Fino a quel momento aveva avuto accesso a una corrispondenza generica, dalla quale non si evincevano elementi significativi. Si trattava di notizie varie, riguardanti l'agricoltura o piani di risanamento destinati a Paesi in via di sviluppo.

Anche se non l'aveva mai entusiasmata passare del tempo al telefono con degli sconosciuti parlando di sconcezze, aveva iniziato a intascare di più. Il passo tra la chat e l'incontro era stato breve, tanto da sembrarle quasi fisiologico. I profitti erano cresciuti in maniera esponenziale, assicurando una vita dignitosa a lei e al marito. Era riuscita a mettere da parte un bel gruzzolo in un conto del quale Diego ignorava l'esistenza, con il solo obiettivo di avere dei mezzi idonei per poter sfuggire al momento giusto alle trame dell'Organizzazione, che non si poteva lasciare tanto facilmente. Per le notizie riservate delle quali si veniva a conoscenza, infatti, non sarebbe stato affatto semplice distaccarsene.

Cosa fare, continuare a lavorare in quel settore e nella menzogna, impiegando i suoi risparmi per acquistare un'abitazione più spaziosa,oppure raccontare tutto al marito e fuggire con lui lontano?Una soluzione più comoda per Diego, nella prima ipotesi, ma sempre più mortificante per lei. Ignorava invece le conseguenze qualora avesse deciso per la seconda scelta. Ma di una cosa si sentiva certa,quel tipo di vita non faceva al caso suo.

Invidiava Marina, che amava quel genere di lavoro e si dava da fare per avere sempre più contatti e appuntamenti. Il settore della collega poi, con il crollo del muro di Berlino, era tra i più delicati e impegnativi. Le era capitato di dover partecipare a incontri a quattro, insieme a lei. La sua disinibizione era impressionante e le aveva insegnato, con estrema disinvoltura, anche qualche trucco del mestiere. Lasciare sempre una gomma da masticare nella bocca, ad esempio, non faceva sentire il sapore degli uomini che si era costrette ad avvicinare, così some spalmarsi una crema profumata sul labbro superiore aiutava a non accorgersi di cattivi odori. Praticare una lavanda intima appena se ne aveva la possibilità preveniva infiammazioni e fastidi. E più di tutto utilizzare il profilattico metteva al riparo da gravidanze e contagi.

Flora aveva avuto alcune esperienze in campo sentimentale, tra cui una lunga relazione con un uomo sposato. Diego conosceva la sua storia e non gliel'aveva mai rinfacciata. Anche se la sua vita a Barcellona non si poteva di certo considerare tra le più virtuose, ora dover raccontare tutto questo a suo marito le sembrava un'impresa impossibile. L'avrebbe lasciata? O sarebbe corso a prendere di petto Giuliana e il direttore?

Essere lasciata era una triste eventualità, ma aveva risparmiato parecchio e da sola, forse, godeva di maggiori possibilità per ricominciare altrove. Ciò che invece la preoccupava era l'incolumità sua e di suo marito. Al di là dei sorrisi che le venivano rivolti in ufficio, lei sapeva perfettamente che l'Organizzazione aveva la memoria dell'elefante tanto da non lasciare in giro tracce della sua attività. Udì la chiave nella serratura. Diego stava entrando e lei sentiva il cuore andare forte a mille.

Marina era stata l'ultima a uscire dall'ufficio la sera precedente, lasciando Eva sola con il direttore. Lei conosceva il tipo di percorso intrapreso dalla collega e, intimamente, ne era contenta. Eva meritava di più, aveva la stoffa per praticare quel tipo di mestiere e si sarebbe sentita gratificata una volta avuta la possibilità di acquistare una bella pelliccia e i gioielli che le invidiava apertamente. Marina portava avanti con estrema convinzione il suo impegno in seno all'Organizzazione. Era un lavoro che sembrava cucito addosso a lei. Sapeva che andare a letto con gli uomini che le venivano proposti era un mezzo per carpire notizie, pertanto ciò che faceva non rientrava nei canoni della vera e propria prostituzione. In più veniva remunerata lautamente, era protetta dalla stessa Organizzazione, che le forniva alloggi dove vivere gli incontri, le garantiva l'anonimato e le versava perfino i contributi per la pensione, figurando lei come un'impiegata. Cosa desiderare di più? Infine stava risparmiando una liquidità tale da poter finalmente esaudire il suo desiderio di mettere su una propria compagnia teatrale. Era stata abbastanza furba da non permettersi legami sentimentali, causa di inevitabili sensi di colpa. In quel modo riusciva a dare il meglio di sé nell'intimità che viveva con personaggi squallidi e di dubbia liceità morale e politica. Li abbindolava, concedendo loro tutto ciò che le veniva chiesto e, mai tradita dal proprio intuito, buttava là una domanda innocente quando sapeva che chi era con lei non avrebbe potuto riflettere prima di rispondere. Riusciva sempre a sapere ciò che voleva. A volte le giungevano addirittura dei regali o degli assegni da chi aveva trascorso una nottata con lei e non l'aveva dimenticata. La sua espressione ora era soddisfatta, mentre riempiva la vasca di acqua calda, dove versava lentamente i sali da bagno<< Nessuno può capire quanto un bel bagno caldo riesca a pulire anche l'anima! >> pensò sorridendo.

Giuliana, quando aveva chiuso il suo ufficio ed era uscita senza voltarsi indietro, la sera prima, aveva catturato il respiro emozionato di Eva, quasi convulso. Qualcosa che l'aveva indotta a ricordare avvenimenti meravigliosi e tristi.

Anche lei aveva provato un giorno di tanti anni addietro la sensazione forte di stare per tuffarsi in un mare di cui non conosceva la profondità, quando al suo americano era stato ordinato di partire. Guardò quegli occhi azzurri, il suo braccio ancora fasciato e legato al collo e le sembrò impossibile resistere perfino un'ora senza di lui. Lo carezzò e lo portò con sé, per appartenergli. Lui la seguì senza fare domande e in un pomeriggio che profumava di mare, nella casa di lei ricavata nel Castello di Nettuno, loro si amarono teneramente.

Mark fu dolcissimo con lei, nessuno l'aveva avuta prima e lui riuscì ad essere forte e tenero, tanto che lei non sentì quasi dolore. Ancora provava una stretta nelle viscere quando ripensava a quel momento. Il suo odore di uomo, i suoi muscoli e le sue labbra che la baciarono per ore. "Tornerò" le aveva promesso in uno stentato italiano e lei l'aveva creduto. Pochi giorni dopo lui la raggiunse in ospedale, era arrivato il momento di separarsi.

— Dove potrò trovarti? — gli aveva chiesto tra le lacrime. Lui le porse un indirizzo scritto in fretta su una pesante carta da pacchi.

— *Write here,* Scrivimme qui — le aveva detto indicando quelle poche righe — *I 've got to go now!* — doveva andare e la lasciò nel cortile, voltandosi una sola volta, mentre la salutava agitando il berretto. Restare sola, senza di lui era stata una delle prove più grandi che la vita le avesse dato, ma si sentiva certa che quello non sarebbe stato un addio. Aveva il suo indirizzo ed era solo l'inizio.

Traversando Corso Trieste, per raggiungere il suo appartamento di Piazza Ungheria, Giuliana si era chiesta perché mai quel ricordo continuasse a essere così vivido in lei. Era una beffa della sua mente, un modo per continuare a torturarla, anche ora che non aveva più senso. Ed era tornata a pensare a Eva, che in quel momento stava con il direttore, chiedendosi se fosse poi giusto immergersi in un mondo di carezze, senza amore.

Diego era entrato in casa e la guardava sorridendo. Flora si stava sentendo precipitare in un vortice senza fine, molto simile a quello del giro della morte al Luna Park. Da lì non si poteva più scappare, né tornare indietro e c'era solo il baratro di fronte. Le sue guance erano rosse e infuocate, ma Diego sembrava non accorgersene. Anzi, sorrideva in modo strano, come se avesse qualcosa di importante da dirle. Infatti fu lei la prima a chiedere:

— Cosa hai Diego?

— Ah, ti sei accorta che ho qualcosa di diverso! — rispose lui con aria trionfante — però sono certo che non indovinerai mai cosa ho in serbo per te!

Flora, presa com'era dal suo stato d'animo, non riusciva proprio a interpretare la parte di moglie felice per una entusiasmante novità di suo marito. Sapeva perfettamente che quello che aveva lei da raccontargli superava di gran lunga qualsiasi altra sorpresa. Ma continuò a chiedere.

— Davvero, che c'è di nuovo?

— Hai fiducia in me Flora? — Che richiesta assurda fatta in quel momento, lei non avrebbe mai potuto porgli la stessa domanda.

— Certo Diego, ne dubiti? Dimmi ti prego! — Lui la guardò al di sotto dei suoi scompigliati riccioli neri, era bellissimo in quel momento, con una luce negli occhi che non aveva da tempo.

— Ho finalmente trovato chi apprezzerà la mia arte, oltre te naturalmente!

Flora non capiva, si sentiva completamente confusa e stava perdendo il filo del discorso che si era preparata con tanta cura. Lui continuava a parlare e sembrava scatenato ora, mentre si avvicinava alle sue pitture che da mesi erano coperte da un telo.

— Sono stato contattato dal padrone di una galleria d'arte, che sta preparando una mostra all'estero e mi ha chiesto di mostrargli qualcosa dei miei lavori. Vorrebbe che partecipassi anch'io. Un critico di Barcellona gli ha parlato bene di me!

— Come ha fatto a rintracciarti? — chiese Flora, per deviazione professionale ormai non le sfuggiva nulla.

— Ha lasciato il suo numero di telefono al bar vicino alla mia precedente abitazione ed è una fortuna che oggi io sia tornato da quelle parti, per rivedere i vecchi amici. E' parecchio che aveva lasciato il suo recapito e Manlio, il barista, non riusciva più a ritrovarlo. Poi ha rammentato, l'aveva nascosto sotto la cassa. Appena in tempo, pensa che la mostra verrà allestita nei prossimi giorni! — Flora a quel punto non ci capiva più nulla.

— Ma dove si terrà l'esposizione?

— In Sudamerica, mia cara! Ancora un paese di lingua spagnola.—Flora non riusciva neanche a coordinare i propri pensieri, si sentiva completamente spiazzata.

— Ma hai pensato a quanto ti costerà tutto questo, il trasporto dei quadri, il viaggio, il soggiorno. E io cosa faccio, resto qui ad aspettarti? Oppure ho un'idea! Mi licenzio e vengo con te, ricominciamo tutto dall'altra parte del mondo Diego, dimentichiamo Roma!— Lui la interruppe subito.

— Ma che dici? Io vado e torno, e con i soldi che guadagnerò ci prenderemo finalmente un appartamento più grande. Poi licenziarti? Con la difficoltà che c'è di trovare un lavoro! E io Roma non la voglio dimenticare, ci voglio vivere e da ricco.

— Io sono stanca di lavorare per tutti e due! Anzi domani non ci voglio andare, hai capito? — disse quasi urlando in modo isterico Flora, stava per cedere al pianto. Lui le si avvicinò e la fece sedere sul letto.

— Non lavorerai più per tutti e due Flora, io diventerò famoso, l'ho sempre saputo e tu mi sarai vicina. Non c'è motivo perché tu non vada in ufficio domani, credimi. Tra l'altro io ho preso appuntamento con questo signore, penso che verrà qui a vedere i miei lavori. Stai tranquilla, se gli piacciono i miei quadri io non dovrò spendere una lira. Vai come sempre e pensa che tra un po' tutto cambierà! — e la baciò in modo languido, finché lei sentì che qualcosa nel suo animo si struggeva. Doveva andare l'indomani e fare il suo dovere. Aprì gli occhi durante il lungo bacio e vide lui abbandonato con le lunghe ciglia serrate, come un bambino che dormiva sereno. Meglio non raccontare nulla per quella sera e forse neanche dopo. Meglio attendere che tornasse dalla mostra. Forse le cose si sarebbero sistemate da sole.

CAP. X

Era fin troppo interessante ciò che accadeva in quella piazza e lui era più intenzionato che mai a non farsi sfuggire nulla. Non aveva più individuato però il suo angelo dagli occhi a mandorla. Quando si era abbandonato a intime carezze vedendo quella donna denudarsi alcune sere prima, lui aveva sognato di fare l'amore con lei. Ora, potendo utilizzare il cannocchiale, non doveva neanche impegnarsi a trovare un travestimento per avvicinarla, ma si stava sentendo battuto dagli eventi. Dov'era la ragazza? Il suo sguardo tenero, il suo tocco gli erano rimasti dentro. La morte era lì vicino a lui con la sua scura figura e, seduta in un angolo della stanza, si divertiva a prenderlo in giro, ancora un po' prima di portarselo via. E doveva aver riso parecchio quando lui si era specchiato, convincendosi che quella ragazza avrebbe gradito i suoi baci. Le loro labbra unite finalmente e lui invaso dall'inebriante sensazione di poter chiudere la sua spaventosa bocca. La lingua di lei a saggiare la sua dentatura, fino alla sublime fusione dei loro corpi. Mentre la sua fantasia gli faceva esplorare degli orizzonti sconosciuti, lui continuava a perlustrare la piazza. Ormai dormiva con il cannocchiale appeso al collo. Iniziava sempre all'ora nella quale l'aveva vista la prima volta, e ogni giorno da una direzione diversa. Fissò l'arco di entrata al quartiere, vide il vento di primavera muovere impercettibilmente il grande lampadario. Scese con le lenti a ispezionare il marciapiede e, finalmente, lei si materializzò. I capelli tagliati all'orientale, gli occhi a mandorla e la sua piccola figura che veloce camminava verso il centro della piazza. Il sole gli sembrò più forte e caldo e l'acqua della fontana parve intonare una melodia lenta e leggera. Era lei, da quanto tempo l'aspettava! La ragazza però non raggiunse il centro della piazza, girò subito a destra, accedendo all'edificio di fronte. L'emozione che lui stava provando si fermò quando realizzò che lei stava entrando proprio nel palazzo dirimpetto.

Flora si era svegliata presto, era rimasta a fissare il soffitto, mentre sentiva il respiro di Diego calmo e profondo. Come poteva accadere di vivere due vite tanto diverse tra moglie e marito? Lui si sarebbe svegliato felice della sua nuova prospettiva artistica, mentre lei si doveva preparare per un incontro che non avrebbe mai voluto avere. Si sollevò piano e corse in bagno, colta da una forte nausea.

— Cosa c'è? — gli chiese in un sussurro Diego quando la sentì di nuovo vicina.

— Nulla, forse ho mangiato qualcosa che mi ha disturbato — rispose lei sottovoce, per non farlo svegliare del tutto. Lui si girò dall'altra parte e riprese subito sonno. Flora tirò fuori dall'armadio gli attrezzi del mestiere: reggiseno a balconcino, mutandine perizoma, reggicalze di merletto nero, calze velate. Sopra indossò un tailleur grigio con camicetta bianca e ai piedi un paio di polacche nere. Quando andavano a incontrare i clienti dovevano sembrare delle donne manager, portando con sé anche una valigetta ventiquattrore. Mise in borsa la crema profumata da spalmare sul viso, le gomme al sapore di frutta e una confezione da tre profilattici. Uscì piano da casa e iniziò a venire fuori anche dal corpo, come le accadeva sempre prima di cominciare una mattina come quella.

Roberta era entrata nel suo ufficio senza voglia. La scrivania di Eva era sempre lì, ma lei non ci aveva più lavorato. Se non fosse stato per il lavoro della donna delle pulizie ormai sarebbe divenuta un accumulo di polvere. Improvviso squillò il telefono.

— Pronto, sono Roberta in cosa posso esserle utile?

— E' meglio che non te lo dico in cosa mi saresti utile! — Lei sorrise, era Maurizio. Non le telefonava mai, ci doveva essere qualche importante novità.

— Allora è fatta! Domani mattina ho il colloquio col capo del personale delle Assicurazioni!

— Ma è magnifico! Oddio come sono emozionata!

— Adesso non esageriamo e non ti mettere a sognare a occhi aperti, lo sai che è un tentativo. Non ti nego che è il momento adatto anche per me di cambiare vita, sai? Credi che mi piaccia non dormire a casa, insieme a te e a Serena?

— Non me l'avevi mai detto prima Maurizio, non ci contavo più — la voce le stava tremando. Lui fece finta di non essersene accorto. Capiva in quale solitudine avesse lasciato vivere la moglie nei primi anni di matrimonio. Gli era piaciuto correre su e giù per la città, non sapere mai quali eventi dover affrontare, sentirsi senza legami, lasciando tutto il peso della quotidianità su di lei. Ora però l'aveva vista troppo sfruttata, emaciata, temeva addirittura di poterla perdere.

— Chiedi la giornata libera per domani, Appena avrò terminato il colloquio tornerò a casa, ti porto a pranzo fuori! — Roberta si sentì d'un tratto felice, come non le capitava da tanto di quel tempo. Maurizio era tornato, era come i primi tempi che aveva vissuto con lui da fidanzati. Finalmente stava comprendendo e desiderava starle vicino, per crescere la loro Serena, per condividere le notti future, calme o insonni che fossero state. Era finita la tortura. Cambiò addirittura la postura sulla sedia, le spalle si stavano già sentendo libere dal peso insopportabile.

— Vado subito da Giuliana, ci vediamo dopo amore mio!

Chiuse la comunicazione ancora prima di sentire la sua risposta. Guardò il suo ufficio e non si sentì più sola come poco prima. Rassettò la scrivania e uscì di corsa per parlare con Giuliana. Per quel giorno il lavoro poteva aspettare, mentre la sua vita non ne poteva più.

Flora era davanti all'ingresso dell'hotel, ma non si decideva a entrare. Sentiva chiaramente che non gliel'avrebbe fatta quel giorno a comportarsi in modo adeguato. Detestava l'uomo che la stava aspettando. Piccolo, con i capelli neri colorati e le labbra troppo carnose e sempre umide.

Lei aveva la sua valigetta ed era il momento di entrare, farsi annunciare, e attendere che lui la raggiungesse nella hall. Sarebbero usciti da lì insieme, esibendo il distacco formale che caratterizza il rapporto tra un funzionario e una segretaria di conferenza. Poi sul taxi, alla volta di

Viale Angelico, al quartiere Trionfale. Lei aveva con sé le chiavi dell'appartamento di proprietà dell'Organizzazione, dove avrebbero consumato l'incontro.

Vide il bar di fronte e pensò che un bicchierino di cognac poteva aiutarla a sopportare. C'era ancora qualche minuto all'appuntamento.

— Può dire al signor Ramirez che l'incaricata dell'ufficio conferenze è arrivata?

— Subito madame! — rispose il concierge. Dopo aver composto un numero interno e aver scambiato poche parole, le si rivolse con un ampio sorriso.

— Prego madame, l'ascensore è sulla destra, terzo piano, stanza 307. Il dott. Ramirez la prega di salire.

Controvoglia Flora si diresse all'ascensore, non gradiva affatto il fuori programma, ma si avviò docile. Si guardò nello specchio interno dell'ascensore e quasi non si riconobbe. Come aveva fatto quell'uomo a richiedere ancora di lei. I suoi lineamenti ora sembravano contratti. <<Tra poche ore sarà tutto finito>>pensò, si ricompose e uscì con passo fermo verso la stanza.

— Siediti cara, sono quasi pronto — le disse lui. Si stava annodando la cravatta. I suoi capelli erano lucidi come il pelo di una puzzola e Flora sperò con tutta se stessa che si fosse fatto almeno una doccia. Lei abbozzò un sorriso forzato, ma lui non ci fece caso. Pagava profumatamente quegli incontri e Ortensia, i clienti conoscevano le ragazze con nomi di fiori, parlava tanto bene la sua lingua che era gradevole trascorrere le ore con lei.

Prese la valigetta anche lui e, mentre le passava vicino le sollevò il pizzo della gonna, fino a vederle la giarrettiera. Sentì il profumo sottile che la donna emanava e lo colse un'eccitazione quasi incontenibile.

— Sei bellissima, andiamo dove siamo stati la volta scorsa? — Flora fece cenno di sì, le sembrava di andare al patibolo, nonostante la delicatezza con cui lui le sfiorò il braccio per farla uscire. Mentre chiudeva la stanza le sorrise rassicurante e i suoi denti erano ingialliti dal fumo dei sigari.

Il taxi già attendeva di sotto, preciso, come sempre. Lei era seduta sul sedile posteriore, vicino a lui, ma tra loro le due valigette costituivano un limite invalicabile. Per tutti,loro due dovevano essere due funzionari che si recavano a una conferenza. Anche l'ubicazione della casa in Viale Angelico era studiata, poiché molti eventi venivano organizzati in quegli edifici che parlavano di vite antiche e di potere. Flora iniziò ad accusare dei violenti giramenti di testa. Sperò che fossero dovuti al cognac e non al rifiuto che sentiva dentro di sé. Quelli erano gli ultimi momenti nei quali l'uomo le sedeva lontano, di lì a poco se lo sarebbe trovato addosso.

Ora le tremava visibilmente la mano mentre cercava di introdurre la chiave nella toppa della porta, così fu Ramirez ad aprire.

— Cos'hai cara? Non sei contenta di stare con me? — Una domanda vile, alla quale Flora pensò seriamente di rispondere con franchezza per poi uscire dalla stessa porta, che lui stava chiudendo con un gesto di leggera impazienza.

— No, sono felicissima di essere qui, ma ho mangiato ieri qualcosa che mi ha disturbato, scusami! — disse invece. Del resto lei aveva una missione, conoscere i piani che l'uomo aveva per i giorni successivi. Sapeva perfettamente come farglielo dire.

— Bene, allora andiamo di là. — Flora sentiva anche un po' freddo e la mano di lui che le dava una leggera pacca sospingendola verso il letto le fece provare una sensazione di forte insofferenza.

— Accendo il calorifero elettrico, scaldiamo l'ambiente? — chiese lei, quasi a rimandare ancora di qualche minuto l'amplesso.

— Dai, non fa freddo cara, poi non voglio perdere neanche un minuto di te, lo sai!

Flora gli sorrise, suo malgrado, stava attendendo che quella forza strana che la portava via dal suo corpo giungesse, ma sembrava proprio che stavolta non avesse voglia di farla volare lontano. Vide che lui tirava fuori dalla valigetta una macchinetta fotografica.

— Perché? — gli chiese.

— Ti voglio vedere quando mi va Ortensia, lo sai che sono pazzo di te!

— Questo ti costerà molto di più, l'hai chiesto in direzione?

— Certo, l'accordo è che non appaia il tuo volto.

Anche a questo aveva pensato Giuliana, le avrebbe fatto pagare in moneta quella prestazione extra. Ora farsi fotografare sembrava darle modo di posticipare il rapporto fisico che comunque, dopo qualche imbarazzante scatto, avvenne. La cosa durò poco più di un'oretta, nella quale Flora era riuscita a pensare ad altro, l'anima fuori dal suo corpo grazie a quel volo che alla fine era giunto in suo aiuto, come sempre. Doveva però sapere da lui l'informazione che serviva. Negli ultimi minuti, quando la mente dell'uomo era impegnata nel piacere che lei gli stava lentamente e sapientemente procurando, gli chiese:

— Mi hai fotografato perché non tornerai più da me?

— Non per i prossimi quindici giorni, dai continua! — e lei continuò per poi fermarsi ancora.

— Ma quando resti in Italia torni sempre a trovarmi! — gli sussurrò con uno sguardo malizioso.

— Non starò qui mi amor, torno a mi casa fino alla fine del mese e forse anche di più, ma non pensare a questo, continua e zitta! — tornò a intimarle.

Flora ormai gli aveva scucito la notizia che serviva all'Organizzazione, per cui obbedì e velocemente. Una volta terminati i gemiti di lui, lei si alzò e corse in bagno, dove gettò nel cestino il chewing gum che, fortunatamente, aveva impedito di farle provare il disgusto che temeva.

Roberta si svegliò e il sole era già alto. Vicino a lei la piccola dormiva finalmente tranquilla. Lei le si strinse respirando il profumo di cucciolo che veniva da quel corpicino caldo. <<Nel sonno dei bimbi c'è qualcosa di eterno e di puro>>pensò Roberta, ora che poteva osservare i lineamenti della bambina con serenità. In lei si stava facendo strada una strana convinzione, e cioè che le veglie di sua figlia fossero dovute al disagio che lei stessa provava per non avere il marito vicino come avrebbe voluto. Ora che lei si era tranquillizzata vedendo la risoluzione di Maurizio, la piccola aveva dormito un sonno profondo e ancora non accennava a svegliarsi. Di fuori il sole primaverile era carico di promesse e Roberta si sentì finalmente ritemprata e pronta a cominciare tutto da capo, come se si fosse sposata il giorno prima. Serena aprì finalmente i suoi grandi occhi e le sorrise.

CAP XI

Gli sembrava di impazzire. Si era svegliato alla solita ora, aveva trangugiato velocemente la colazione e poi era corso alla finestra. Erano più di tre ore che scrutava la piazza sperando di scorgere il suo angelo, inutilmente. La morte gli sghignazzava vicino, beffandosi di lui, come sempre. Se lo avesse preso proprio in quel momento lui non avrebbe mai potuto realizzare il suo sogno, fare in modo che la donna dagli occhi a mandorla lo seguisse nel suo appartamento, per amarla con tutto se stesso. Sarebbe stato il suo schiavo, il suo padrone, ricoprendola di gioielli per poterle dormire vicino e sentire il suo respiro profumato. Sentì il cuore battergli forte per poi fibrillare nel petto, privo di forza. Ora no, ancora no! Gridò a se stesso e gli sembrò che la morte uscisse in punta di piedi dalla stanza.

Roberta trasalì sentendo lo squillo del telefono. Era quasi la mezza e stava per dare la pappa a Serena. La prese in braccio e si affrettò a rispondere.

— Pronto, Maurizio — doveva per forza essere lui, il colloquio era senz'altro terminato a quell'ora.

— Amore mio! — la voce di suo marito, squillante come non mai.

— Allora? — chiese lei senza preamboli.

— A me sembra che sia andato tutto bene. Mi hanno chiesto un sacco di cose e mostrato anche le polizze assicurative, abbiamo perfino parlato degli orari di lavoro e ho visitato gli uffici.

— Oddio! Ti hanno preso? —Voleva sentirgli dire ciò che desiderava da anni.

— Dovremo attendere almeno una settimana per avere la sicurezza dell'assunzione. Non sono stato convocato solo io, c'era anche altra gente, ma spero di avere grandi possibilità, soprattutto perché sono un poliziotto.

Forse un lato positivo c'era nell'aver fatto quel tipo di lavoro, si disse Roberta.

— Sto dando la pappa a Serena, tu vieni a casa?

— Certo, debbo mantenere la promessa che ti ho fatto. Dalle la pappa e preparati, ti porto a pranzo fuori.

— Grazie amore, mi sbrigo. Ti amo tanto!

— Lo so, lo so bene e ti amo anch'io, vedrai, avrai finito di soffrire per me, sbrigati che arrivo.

Sentire di nuovo l'animo colmo di entusiasmo, vedere concretizzare il suo sogno, pensare che forse Serena avrebbe iniziato finalmente a rispettare il normale ritmo del sonno, sapere che con il nuovo taglio di capelli era una ragazza affascinante. Quale fosse dei tanti ragionamenti che improvvisi le affollarono la mente a farla lacrimare e sorridere, Roberta non riusciva proprio a capirlo.

Giuliana vide entrare nel suo ufficio Flora, inquieta come una furia. Il suo colorito solitamente pallido ora sembrava infuocato e, mentre sbatteva quasi la porta alle sue spalle, già apriva la bocca per parlare e questo non era da lei.

— Hai pensato proprio a tutto, vero Giuliana?

— Che vuoi dire Flora, calmati e siediti, vuoi un bicchier d'acqua?

— No, voglio più soldi, hai capito? Perché non mi hai avvertito che avrei dovuto fare delle foto, che il mio corpo ora sarà visto da mezzo mondo!

— Il tuo corpo, hai detto bene, ma non il tuo volto. Un corpo non ha un nome fino a quando non gli si può abbinare un viso, questo lo sai no?

— Sai cosa significa essere fotografata in certe pose?

— Non fare l'ingenua. Sai che è previsto un bell'indennizzo per questo, lo troverai nella tua prossima busta paga. — Flora tacque, non mancavano certo gratificazioni di quel genere, di questo non si poteva lamentare.

— Piuttosto, cosa hai saputo? — andò al sodo Giuliana.

— Non sarà né a Roma, né in Italia per i prossimi quindici giorni, deve tornare *a su casa* — rispose Flora, usando le stesse parole pronunciate dall'uomo, senza guardarla negli occhi. Giuliana fece una smorfia che voleva essere di soddisfazione. Era proprio ciò che si aspettava di sentire.

— Bene Flora, lo vedi che sei bravissima? Dirò di raddoppiarti l'indennità di oggi e poi, se ti vuoi prendere un paio di giorni di riposo, fallo pure, ti vedo un po' stressata.

— Grazie, non mi va di stare a casa, ma grazie lo stesso.

Mentre usciva piano dall'ufficio, Giuliana riconobbe in lei la ragazza mansueta e capace che era sempre stata. Poi tornò ai suoi pensieri. Adesso che era di nuovo sola, giocherellò con la busta chiara e riservata, incorniciata dalle strisce della bandiera americana, indirizzata al direttore. E lei tornò al tempo in cui, da ragazza, aveva sperato per mesi di ricevere una lettera con una busta simile dal suo americano.

Quando vedeva il postino imboccare le stradine antiche del castello, lei lasciava qualsiasi occupazione, per corrergli dietro e porgli la stessa, ossessiva domanda "C'è posta per me?"

— Aspetti notizie dal moroso? — lui le chiedeva sempre. Giuliana gli piaceva ed era quasi contento che non ricevesse la lettera che tanto aspettava. Michele era un bel giovanotto che aveva combattuto sul fronte russo. Era tornato con tre dita della mano sinistra amputate per il congelamento, ma non si sentiva limitato da quella menomazione. Aveva ripreso a lavorare e solo il fatto di essere tornato vivo dall'inferno russo gli aveva dato la carica che lo aiutava a superare altre difficoltà. Quell'incontro con Giuliana tutte le mattine alla stessa ora era divenuto una consuetudine che lo stava gasando. Sperava che lei dimenticasse il suo ragazzo, e si sarebbe fatto avanti lui, quando avesse visto i segni della rassegnazione prendere il posto della delusione che adesso oscurava quel bel viso. Aveva addirittura immaginato di distruggere qualsiasi eventuale lettera fosse giunta indirizzata a lei, ma poi la lealtà del suo animo e l'etica professionale avevano avuto la meglio su quel malsano pensiero.

Giuliana, ignara, tornava angosciata alle sue faccende, ma dal momento successivo iniziava ad aspettare e sperare fino al giorno dopo. Era sicura dell'arrivo di quella missiva, lui non poteva averla dimenticata. Aveva scritto all'indirizzo che Mark le aveva lasciato, inviando una lettera dopo l'altra, una più disperata dell'altra. Pensando che lui non comprendesse bene l'italiano, si era fatta perfino tradurre da un militare inglese, convalescente nel sanatorio dove lei continuava a prestare servizio, anche l'ultima epistola che aveva spedito. Un solo dettaglio ometteva sistematicamente in quelle sue lettere. Erano due mesi che non aveva le mestruazioni e, dai sintomi che provava, si sentiva certa di essere incinta. Stava tacendo a tutti l'inconfessabile verità. Sua madre e sua sorella erano tornate a Nettuno dall'entroterra, mentre suo padre mancava all'appello, annoverato tra i dispersi che, forse, era meglio non sperare di rivedere. Che vergogna per la sua famiglia una gravidanza senza matrimonio! Lei considerata come una di quelle sciacquette che si erano date ai militari senza ritegno. Chi coi nazisti, chi con gli americani, erano tutte donne che poi se l'erano dovuta cavare da sole.

Ma lei no, il suo uomo l'avrebbe sposata, magari per procura, come stavano facendo molti dall'America. Poteva raggiungerlo in un secondo momento, con il bimbo se la cosa si fosse protratta oltre i sette mesi che la separavano dal parto. Era essenziale che lui le scrivesse, che cercasse di contattarla. Chissà, forse un giorno camminando per le strade ventose e profumate di scoglio del castello se lo sarebbe trovato davanti il suo Mark, tornato apposta per prenderla con sé.

Un trillo nel telefono comunicante le ricordò che il direttore era impaziente di ricevere la sua posta. Pose la busta chiusa nella cartellina delle comunicazioni personali e abbandonò i suoi ricordi, che non le facevano altro che male.

Eva aveva passato a pieni voti il test a cui l'aveva sottoposta il direttore, nella sera in cui erano rimasti soli in ufficio. Lei era stata al gioco, non aveva sprecato quella opportunità, ed era riuscita a soffocare il disprezzo per un uomo tanto più grande di lei, grasso e infine neanche tanto pulito.

Dopo il colloquio con il capo, aveva ricevuto le chiavi di un appartamento vicino al lavoro, comodo e confortevole. Le era stato anticipato uno stipendio e già si sentiva fuori dal tunnel dal quale aveva disperato tante volte di uscire. Giuliana le aveva comunicato che era prevista la sua frequenza a un corso per poter utilizzare correttamente la strumentazione informatica a sua disposizione e che, almeno per i primi incontri, avrebbe lavorato insieme a Marina. Il modo migliore per essere introdotta nel nuovo impegno di public relations in modo impeccabile.

Adesso, grazie alle maggiori risorse finanziarie, vedeva la possibilità di condurre finalmente il tenore di vita, che per lei era inimmaginabile solo poco tempo prima. E infine si sentiva protetta. Le telefonate che il marito aveva fatto per rintracciarla erano state deviate e neutralizzate.

Inoltre l'Organizzazione l'avrebbe fatta seguire da un bravo avvocato per ottenere la separazione dal coniuge, sostenendone perfino le spese.

Era come se improvvisamente si fosse dissolto il velo che la teneva incatenata alla sua terribile situazione e che, come in un magico effetto domino, i fattori negativi venissero spazzati via uno dopo l'altro. Davanti ai suoi occhi solo un orizzonte luminoso.

L'unico avvenimento inquietante negli ultimi tempi era l'impressione di intravedere la vecchia Opel grigia del marito seguirla. Si era sentita gelare il sangue ed era salita sul primo autobus in transito. Ma non riuscendo più a scorgere la vettura dal finestrino del bus, si convinse che fosse il terrore di rivedere quell'uomo a giocarle dei brutti scherzi.

CAP XII

Perseverare era la formula vincente. Se l'aveva vista un giorno dopo l'altro arrivare alla stessa ora, il suo angelo dagli occhi a mandorla doveva per forza lavorare nell'edificio di fronte. Ormai si svegliava insieme alla miriade di uccelli che avevano popolato gli alberi dei curatissimi giardini. Al levare del sole, il loro cinguettio improvviso e assordante sembrava promettergli una magnifica giornata, facendogli abbandonare le vecchie abitudini. L'unico momento nel quale si staccava dalla finestra era quando attendeva che lei entrasse e ponesse come tutti i giorni la colazione sulla tavola, per poi sentirla uscire quasi in punta di piedi subito dopo.

E l'angelo quella mattina gli apparve di nuovo. Indossava un tailleur color oro, che faceva un piacevole contrasto con il suo caschetto nero. Sembrava un'orientale pronta a ossequiare il suo signore e sapeva che, prima o poi, sarebbe divenuto lui l'uomo che lei avrebbe servito. In quella radiosa mattina la donna era particolarmente bella ed emanava qualcosa molto simile alla felicità. Sorrideva e aveva dimostrato più forza degli altri giorni nell'aprire il portone del palazzo. Ora che era sparita al di là di quella soglia a lui sembrò che si fosse alzata una leggera brezza. Il Villino delle Fate porgeva al sole nascente i suoi simboli dorati. Anche l'acqua che usciva dalla bocca delle rane sembrava ondeggiare e danzare e il rumore del traffico appariva lontano e contenuto. La realtà era dunque quel paesaggio idilliaco nel quale gli risultava finalmente facile immergere la propria anima.

Eva stava attendendo Roberta in quello che fino a poco tempo prima era l'ufficio che condividevano. Sembrava provata e Roberta non se ne stupì.

— Ciao, che ci fai qui, mi hai messo paura. Non vai di là con le tue colleghe? — Eva colse il senso ironico, ma in quel momento sentiva forte il bisogno di stare vicino a lei.

— Sì, tra poco le raggiungo, ma volevo stare un pochino qui con te.

— Cosa ti serve Eva?

— Non fare così, lo sai che tengo alla nostra amicizia. Ti risulta forse che finora abbia voluto parlarti solo quando mi è servito qualcosa? Ma oggi sì, mi servi, ti prego non mi abbandonare proprio adesso! — Roberta iniziò a sentire che la collera le saliva a infuocare il collo e non era sicura di poter bloccare quel rossore prima che le prendesse tutto il volto.

— Io ti ho abbandonato Eva? Non sarai stata forse tu ad allontanarti e a non salutarmi quasi più da quando ti hanno dato la loro benedizione?

— La loro benedizione me la sono guadagnata e sapessi quanto!

— Già ti ho detto che non mi interessa quello che fai o che fanno. Vedi il mio lavoro? Sono piena di lettere da tradurre e, per la verità, non ho molto tempo da dedicarti! — Vedendo che Eva si stava torturando le mani, però, non se la sentì di lasciarla sola con se stessa. — Insomma, che t'è successo?

— Non è ciò che mi è successo, che già è indicibile, ma è quello che mi succederà a preoccuparmi.

— Perché mai dici così. Eva, ti prego, non mi coinvolgere. Qui siamo tutti adulti e avrai fatto le tue valutazioni prima di scegliere, no? — Il discorso non faceva una grinza ed Eva iniziò a sentire che stava percorrendo un sentiero difficile.

— Hai ragione Roberta, meglio che non ti coinvolga in questa sporca storia. Io non avevo alternative,mi rendo conto che non è facile da comprendere. — Roberta la guardò fissa negli occhi.

— Ma non vai a lavorare di là oggi?

— No, sto aspettando che Marina si prepari ed esco a lavorare fuori con lei.

Non voleva saperne di più, solo ora si accorgeva di quanto fosse vistosamente truccata ed elegantemente vestita l'amica. Le unghie lunghe e laccate adornate di anelli d'oro tra cui spiccava al medio della mano sinistra il *bulgarino*, l'ultimo gioiello della collezione. In pochi giorni Eva era divenuta una donna vestita solo con capi firmati e anche il profumo che aveva riempito il suo ufficio doveva essere molto costoso. Fu una dura prova per Roberta scacciare le immagini che subito il suo subcosciente le portava davanti agli occhi. Eva sdraiata su un letto, nuda, le mani scure di un uomo a carezzarle i fianchi e il volto contratto in un'espressione triste. Non potendo condividere con lei le sue inspiegabili visioni, si limitò ad aggiungere:

— Allora buon lavoro Eva, io inizio a tradurre se non ti dispiace.

L'amica non replicò e si mosse lenta verso la porta d'ingresso dove Marina, truccata e agghindata, la stava attendendo.

Marina si era preparata senza trascurare alcun particolare. Camminando vicine lei ed Eva erano un vero spettacolo. Entrambe more, una con un manto di capelli lunghi e ricci, l'altra con una capigliatura tanto liscia da farla sembrare una ragazza di Bangkok. Non presero il taxi, perché stavolta il luogo dell'incontro era stato scelto in uno degli eleganti condomini che si affacciavano su Viale Regina Margherita. Le due donne lasciarono alle loro spalle l'architettura e la tranquillità del quartiere Coppedè per immergersi nel traffico e nei rumori della città. Era sempre sorprendente notare come in tutte le vie che partivano da Piazza Mincio e che costituivano il tessuto del *Quartiere Magico* regnasse una strana calma, come di strade fuori città. Un involucro chiuso e tranquillo all'interno della vita concitata di una grande metropoli.

— Perché cammini così rigida Eva e cos'hai da guardarti attorno?

— Sai Marina, per me è la prima volta e mi sento un po'a disagio. Inoltre ho l'impressione di essere seguita da mio marito. Insomma, ho il terrore di trovarmelo di fronte, all'improvviso!

— Non cedere a questi giochi mentali, quello ormai avrà capito che va incontro a guai seri se ti sfiora. E per l'incontro di stamani non ti preoccupare, ci sono io, vedrai che non sarà difficile. Alla fine ti sembrerà del tutto naturale. Ho portato io la crema profumata da spalmarci sul viso e le gomme da masticare.

— Per che cosa? — la interruppe Eva.

— Mica vorrai sentire l'odore dell'uomo che incontreremo o ancora peggio il sapore!

Eva sentì una stretta allo stomaco. Cosa stava per fare! In quegli ultimi passi che la separavano dal cancello del condominio dove erano indirizzate, si chiese ancora una volta se davvero valeva la pena scendere a quel livello. Sentiva che non avrebbe avuto più rispetto per se stessa, un viaggio dal quale non sarebbe più potuta tornare indietro. Marina comprese i suoi silenziosi pensieri e iniziò a parlare dell'unico argomento che sapeva potesse interessare Eva.

— Sai quanto pagherà l'uomo che ci sta aspettando per averci tutte e due?

— No, non lo so — rispose Eva e in quel momento era molto pallida, le sue labbra livide.

— Tre milioni di lire! — disse trionfante Marina — L'Organizzazione ne trattiene uno, e gli altri andranno uno a te e uno a me, contenta? — Eva aveva sgranato gli occhi e fermato il passo. Si guardò attorno. Era in uno dei quartieri più eleganti di Roma e le auto che percorrevano il viale erano molto lussuose. Quali vetture preferiva, le antiche trappole come la vecchia Opel del marito?Lei era fatta per un altro tipo di vita e sentì di avere invece tra le mani un'immensa fortuna. Il suo volto tornò a colorarsi e sorrise soddisfatta alla collega. Nel frattempo avevano raggiunto il numero civico che era stato loro indicato.

Nell'elegante condominio, sulla cui facciata si aprivano delle pittoresche logge antiche, dovevano avere sede degli uffici, poiché le targhe dei citofoni esibivano nominativi e sigle dall'aspetto ufficiale. Marina suonò a quella lucida scura dove si leggevano solo delle lettere puntate.

— Ah, ti avverto Eva — disse Marina mentre richiudeva il cancello e iniziava a camminare sul vialetto di ghiaia — non ti impressionare, ci aspetta un funzionario che viene da molto lontano, dall'Equatore.

— Che vuoi dire? — chiese frastornata la collega.

— Insomma, un africano, un nero, vuoi che sia più esplicita?

Eva rallentò il passo. Un funzionario africano, un nero. Provò un improvviso tremore alle gambe. Ancora una volta fu sul punto di girare su se stessa e tornare sui suoi passi. Ma il tarlo che continuava a ripeterle *Un milione di lire, è solo questo che conta!* fu più convincente di qualsiasi timore.

— Cosa gli dobbiamo chiedere Marina, cosa serve sapere all'Organizzazione?

— Non ti preoccupare, a questo penserò io. Tu devi solo studiare e imparare il sistema per farlo parlare — disse mentre spingeva il tasto del quarto piano nell'ascensore di vetro e ferro battuto, che iniziò la sua lenta e inesorabile salita. Quando furono davanti all'elegante porta di mogano lucido, Eva pensò di non riuscire ad affrontare quella situazione.

— Non suonare Marina, sento che non ce la farò mai — bisbigliò all'amica in un fruscio,sperando di non rivelare la loro presenza al di là della porta.

— Non dire sciocchezze! Ti credevo molto più determinata e preparata. Se continui dirò io stessa al direttore che non puoi lavorare insieme a me!

— No, Marina ti prego, allora aspetta solo qualche istante, fammi abituare all'idea.

— Senti, non ci si abitua mai a questa idea, capito? Anzi, non deve essere qualcosa su cui riflettere. Non ci devi pensare, tutto qui. — Così dicendo tirò fuori una pillola molto sottile da un contenitore che aveva nella borsa.

— Tieni, mettila sotto la lingua, tra qualche istante sarà tutto finito. — Eva non se lo fece ripetere, aveva proprio necessità di un aiuto e, mentre già sentiva sciogliersi la capsula, che aveva un sapore gradevole e dolciastro, guardò senza emozione l'amica suonare il campanello.

Non passò molto tempo prima che un signore di colore, alto e completamente calvo aprisse l'uscio.

— Bonjours! — disse aprendo le labbra in un sorriso amichevole e smagliante. Eva si sentiva all'improvviso felice di essere lì, di vedere quell'ambiente così signorile e raffinato. Un corridoio lunghissimo coperto da un tappeto, sembrava volerla condurre in Paradiso. Un ambiente sulla sinistra era chiaramente una sala d'aspetto, dalla cui finestra panoramica si riusciva a scorgere la parte di Viale Regina Margherita che andava verso Piazza Ungheria. Un odore di incenso aggredì piacevolmente le narici delle due ragazze che si sorrisero, Eva si stava già ambientando. Il colloquio andò avanti in un perfetto francese, che anche Marina dimostrò di conoscere alquanto bene. L'uomo le condusse attraverso una serie di ampie stanze, nelle quali si riconoscevano facilmente degli eleganti mobili da ufficio che, alla raffinatezza della fattura, univano dei chiari richiami all'Africa. Tappeti ricavati da pelli di felini, zanne d'avorio appese al muro e statue raffiguranti dei puma neri, messi a guardia delle porte. L'ambiente era deserto e l'uomo le fece accomodare in una saletta dove, su un tavolino basso posto davanti a un divano di pelle chiara, erano state sistemate alcune tazzine e bricchi con tè e caffè. C'era perfino un vassoio con dei dolcetti italiani, che le ragazze gradirono moltissimo.

Terminato quel piccolo snack, durante il quale fecero le loro presentazioni l'uomo, con la stessa naturalezza con cui le aveva condotte all'interno dell'appartamento, le introdusse in una grande camera da letto, dove il giaciglio era coperto da un baldacchino sorretto da quattro assi di legno intagliato. Lì si sentiva forte l'odore di incenso, che diede a Eva un leggero capogiro. In realtà era già da qualche minuto che il capo le sembrava leggero, come svuotato dallo stesso cervello. Ora vedeva le immagini sublimare i loro contorni in colori sfumati, mentre le voci le giungevano da lontano.

— Prego, liberatevi pure dei vostri indumenti e poggiate gli abiti su quella poltrona — disse l'uomo con gentilezza, indicando loro un sofà posto al lato del letto, mentre lui stesso iniziò a denudarsi, piegando con cura tutto ciò che si toglieva su uno sgabello di legno intagliato, che aveva dalla sua parte. Eva eseguì alla lettera tutto ciò che le veniva chiesto e ogni tanto sorrideva, senza motivo.

La presenza di Marina non era più determinante per lei, che si trovò a vivere quell'incontro con una naturalezza fino a poco prima inimmaginabile. Si alternarono sul corpo di lui secondo i suoi desideri, come in una danza leggera nella quale non risparmiarono alcun passo. Quando l'uomo era al culmine dell'eccitazione, mentre veniva sapientemente leccato e sollecitato, Marina gli chiese:

— Se avrai di nuovo voglia di questo, richiederai ancora di noi nei prossimi giorni?

Lui era estasiato e, sebbene non avesse mai perso il controllo di ciò che aveva detto fino a quel momento, si lasciò sfuggire una risposta.

— Sì, siete state bravissime, ma domani dovrò tornare nel mio Paese. Al mio rientro vi cercherò — e si lasciò andare a una serie di gemiti, proprio mentre Marina andava a prendere il posto di Eva. E fu proprio quest'ultima a porgli l'ovvia domanda successiva raccogliendo, come in una staffetta, il testimone:

— Quando tornerà mon amour? — Lui rispose veloce, mentre ormai non resisteva al piacere irrefrenabile.

— Tra un mese!

Tornando verso l'ufficio,Eva sembrò riprendere contatto con la realtà. Fu di nuovo assalita dalla consapevolezza di non essere più la donna di prima. Ma al panico e alla vergogna contrappose la soddisfazione di essere riuscita in ciò che le era sembrato impossibile fare. Marina le sorrise, Eva alla fine era stata più brava di come si era aspettata. Una professionista nata, lo avrebbe fatto presente a Giuliana.

Flora rientrò in casa, ma non trovò suo marito ad attenderla. Erano chiari i segni della visita di qualcuno,sul tavolo una bottiglia di Rhum e due bicchierini vuoti. Quella stanza ormai aveva l'odore delle bettole sudamericane, il visitatore aveva fumato il sigaro, se ne sentiva chiaro ancora l'aroma. Lei aprì la finestra e l'aria tiepida del primo pomeriggio invase e purificò l'ambiente. Così non poteva più andare avanti. Cercò subito il getto della doccia calda, per lavare quel contatto fisico, il cui ricordo la stava ancora disgustando. La sera precedente Diego non aveva voluto ascoltarla, ma ora l'avrebbe dovuta sentire. Non aveva intenzione di usare mezzi termini per rendergli la verità meno amara. Sarebbe subito andata al dunque. *Diego, io non sono una segretaria, ma una puttana*, questa era la frase con cui esordire e già le sembrava di sentirsi meglio, solo al pensiero di averla pronunciata. Con i capelli ancora bagnati e avvolti in un asciugamano andò a vedere quale valigia poteva prendere per iniziare a mettere in atto la sua fuga. Se Diego l'amava sul serio l'avrebbe capita e seguita.

Non intendeva portare con sé molta roba, tutto le ricordava lo squallore che era stata costretta a vivere da quando si trovava in Italia. Era giovane, il modo c'era per continuare a vivere in qualche altra parte del mondo, senza cadere così in basso. La chiave nella toppa di casa le annunciò l'arrivo del marito. Lo vide entrare con un'espressione così felice da disarmarla di nuovo. Gli occhi di lui sembravano spiritati e, nel vedere la valigia che lei stava aprendo proprio in quel momento, le sorrise felice.

— Amore mio, noi abbiamo una telepatia incredibile, come hai fatto a sapere che dovevo fare subito la valigia! — Flora restò per un lungo istante a fissarlo a bocca aperta. Lui continuò — E' venuto l'impresario e ha scelto i quadri che porterò con me. Ha fatto un paio di telefonate e ho già il biglietto aereo pronto. Meno male che ho sempre rinnovato il passaporto. Insomma amore mio, domani mattina ti libererò della mia ingombrante presenza e inizierò la mia avventura! — le corse incontro e la sollevò di peso, facendole fare un ampio giro e baciandola forte. A quel bacio ne seguirono altri, finché non le strappò quasi l'accappatoio di dosso per gettarla sul letto e fare l'amore con lei, affondando il viso tra i suoi capelli umidi e profumati di sciampo.

CAP XIII

Roberta stava vivendo il secondo fidanzamento con suo marito. Dal giorno nel quale lui aveva avuto finalmente il colloquio per poter ottenere un lavoro diverso, lei si era sentita molto meno sola, nonostante i suoi turni. Di notte cullava sua figlia con più tenerezza, riprendendo poi sonno con facilità, quel fardello non sarebbe stato più solo suo.

Era tornata a stimarlo talmente tanto da permettergli di fare l'amore ogni volta che lui glielo chiedeva, concedendogli anche quei pochi minuti di mattina presto, quando lei stava per uscire e lui rientrava dal turno di notte. Quegli incontri sbrigativi le stavano piacendo molto e poco importava se usciva di casa senza essersi truccata o pettinata. Strada facendo, semaforo dopo semaforo, riusciva quasi sempre a sistemarsi. Iniziare la giornata subito dopo aver fatto l'amore aveva un sapore diverso. Al lavoro ormai non parlava più con nessuno. Il silenzio non le pesava poi tanto e aveva preso l'abitudine di ascoltare una piccola radio. Insomma il lavoro adesso era qualcosa che la completava e un'occasione per stare con se stessa e i suoi pensieri. Spesso si abbandonava a sognare un futuro di normalità. Poi, per scaramanzia, cercava di pensare ad altro, meglio non fantasticare troppo.

Il telefono squillò e lei sentì intimamente che non era una telefonata di lavoro.

— Pronto — Roberta rispose quasi timidamente

— Pronto amore, sono io! — era Maurizio. Lei spiava in silenzio il tono della sua voce, il modo tenero con cui le si era rivolto, perfino il suo respiro, cercando di immaginare la sua espressione — Roberta, mi senti?

— Sì, ti sento bene — disse schiarendosi la voce. Non respirava, Maurizio le stava per dare la notizia, lo sentiva — Allora? — lo esortò.

— Allora niente, mi ha telefonato la segretaria del capo del personale e mi ha comunicato che quel posto è stato dato a un'altra persona. Le mie referenze comunque sono buonissime e mi terranno presente se avranno di nuovo necessità di personale.— Roberta sentiva una lama squarciare lentamente e spietatamente la sua anima. Gli occhi le si stavano già riempiendo di lacrime, mentre vedeva il castello delle proprie fantasie crollare inesorabilmente. Maurizio capì e tentò di confortarla.

— Dai su, non è la morte di nessuno! Vedrai che ci saranno altre occasioni, del resto io mica sono disoccupato, un lavoro ce l'ho sempre, no?

— Ah certo! — esplose finalmente lei — un lavoro ce l'hai sempre, ma hai pure una famiglia! Io non intendo più stare sola di notte, di domenica, a Natale, sempre sola con Serena, con la paura costante che un giorno qualcuno mi telefoni per dirmi che sei ferito o anche peggio! Non ne posso più! — urlò, senza pensare che si trovava in ufficio.

— Insomma, ora che vuoi da me? Che devo fare io porca puttana!

Roberta non aveva più voglia di parlare con lui, gli chiuse il telefono in faccia. Spense la radiolina e la gettò nel secchio, si avvicinò alla finestra e iniziò a battere forte i pugni sul vetro, che non si ruppe solo perché di molatura antica. Poi scoppiò a piangere nascondendo il volto tra le braccia conserte sul davanzale. Qualcuno bussò alla porta del suo ufficio.

***

Cosa stava accadendo al suo angelo dagli occhi a mandorla? Lui non aveva fatto altro nei giorni passati che fissare quelle finestre in attesa di capire dove lavorasse la ragazza e, all'improvviso, gli era apparsa mentre, disperata, prendeva a pugni la finestra e si scioglieva in un lungo pianto. Chi stava facendo del male a quella creatura, chi poteva avere cancellato il suo magnifico sorriso, inducendola al pianto? Iniziò a sentire un impulso irrefrenabile a difenderla contro tutti. Staccò un momento gli occhi dal binocolo, gli girava la testa. La morte era sempre lì ed era stanca di giocare al gatto e al topo. Sbuffava annoiata. "E se ti prendessi adesso?" gli aveva chiesto all'improvviso in tono maligno. "No!" Aveva risposto lui, implorante "Non ora che lei sta soffrendo. Ti prego, lasciami almeno il tempo di rivederla sorridere, poi verrò senza protestare!" La morte fissava un punto indefinito e rifletteva. In fin dei conti poteva anche attendere, meglio portare con sé qualcuno che la seguisse docilmente, non gliela faceva proprio a incollarsi una persona che non ne voleva sapere di morire. Lui intanto cercava di rimettere a fuoco quella finestra. Non era facile, sembravano tutte uguali ora che lei non era più lì. Quale era il piano dello stabile, quante finestre avrebbe dovuto contare partendo dall'angolo del palazzo? Per parlare con la morte non era stato attento e ora aveva perso di vista il suo angelo. Cosa gli restava da fare per riprendere il contatto con lei?

***

Eva aveva udito il grido di Roberta. In quel momento si trovava in bagno e aveva avuto la netta percezione del suo sconforto. Si accostò alla porta dell'ufficio e bussò. Si stava vergognando come un verme, erano tanti giorni che non faceva il gesto di avvicinarsi. Roberta non rispose, ma Eva da fuori la sentiva singhiozzare. Aprì lentamente la porta.

— Roberta, cara, ma che t'è successo? — L'amica le corse incontro, abbracciandola forte. I singhiozzi la scuotevano con tale violenza che non riusciva a risponderle. Il volto era una maschera di rimmel sciolto dal pianto. Da quegli occhi così grandi uscivano delle lacrime immense, era uno spettacolo di bellezza oltre che di disperazione. Eva pensò addirittura che fosse accaduta una disgrazia. Attese qualche secondo che Roberta si calmasse e riuscisse a spiegarle di cosa si trattava.

— Ti ricordi il lavoro che Maurizio si era deciso a cambiare?

— Come no, alle assicurazioni, certo che ricordo! — In quel momento sembrava proprio che non esistesse più alcuna barriera tra le due ragazze, si stavano ritrovando vicine e in perfetta sintonia.

— Figurati se poteva andare bene. Ha avuto il colloquio, si è impegnato tanto e sembrava proprio fatta. Invece mi ha chiamato per dirmi che non lo hanno preso, quel posto è andato a un'altra persona. — Intanto aveva aperto la borsetta e con un fazzolettino stava cercando di asciugare gli occhi, pulendoli dalla sbavatura di rimmel. Ora le sue cornee erano anche molto irritate per il pianto e per il cosmetico che vi era scivolato.

— Mi dispiace Roberta, vedi che schifezza è la vita certe volte? Andiamo in bagno dai, ti aiuto a sistemare il trucco, guarda che occhi rossi hai! — Roberta si sciacquò il viso e abbondantemente gli occhi. Alla fine non aveva più un filo di makeup in volto e sembrava una ragazzina a cui avevano negato la cioccolata. Eva pensò di darle un consiglio, forse in quel momento lei l'avrebbe accettato.

— Senti, non mi rispondere male, ti prego, ho un'idea da sottoporti. — Roberta si stava soffiando delicatamente il naso, e pensò che l'Eva che aveva davanti non era affidabile come quella che aveva conosciuto. La fissò perplessa in attesa di sentire ciò che le voleva proporre.

— Io mi sono trovata molto bene a parlare dei miei problemi con Giuliana e il direttore. Sono molto umani, anche se non sembra. Lui poi ha le mani in pasta in tanti di quegli ambiti che, se tu gli parlassi del problema di lavoro di tuo marito, sono sicura che ti aiuterebbe a risolverlo. — Eva era sincera, sapeva che Roberta non era tipo da prestarsi a compromessi ambigui, come loro tre. L'amica avrebbe accettato solo un aiuto disinteressato.

— Eva, se intendi che io debba conversare con il direttore nello stesso modo con cui lo hai fatto tu sei fuori strada, io non voglio essere coinvolta. E non credere che non abbia compreso ciò che c'è dietro questa facciata!

Eva abbassò lo sguardo e, di fronte all'animo pulito dell'amica, si sentì a disagio.

— Non tentare di giudicarmi, nella vita ci si trova spesso davanti a un bivio. Io sono sicura che lui ti aiuterebbe di cuore. Se credi di avere altre alternative o preferisci continuare la tua vita in questo modo fai pure. Ora io torno di là, ma sappi che, nonostante tutto, puoi sempre contare su di me, capito?

L'aveva detto in un modo così dolce che Roberta non aveva potuto fare a meno di sorriderle con altrettanta tenerezza.

— Grazie, ci penserò un po' su, poi ti farò sapere. Credi che potrebbe fargli avere un lavoro d'ufficio, con orari definiti e le feste comandate?

— Io credo di sì, che gli costa a lui, basta che fa una telefonata con tutta la gente che conosce! Poi se qualcosa non ti convince, sei sempre in tempo a rifiutare. Dai retta a me, parlane con Giuliana.

Sei sempre in tempo a rifiutare, cosa aveva voluto intendere? E se dopo aver rifiutato le avessero dato un bel calcio nel sedere rimandandola ad aumentare le file dei disoccupati? Però che alternativa aveva in fondo? La possibilità che suo marito venisse convocato per altri colloqui ormai era abbastanza lontana. In fin dei conti perché non azzardare. Cosa avrebbe detto a se stessa se fosse giunta a separarsi dall'uomo che amava per non essere riuscita a sopportare quel genere di vita? E poteva raccontare a sua figlia un giorno che lei aveva avuto l'occasione di tentare ma non l'aveva voluta sfruttare?

Tirò fuori lo specchietto dalla borsa e si guardò. << Bene, niente trucco, occhi gonfi e rossi, se andassi proprio ora da Giuliana la mia immagine parlerebbe da sola. Potrei tentare e accettare solo un aiuto disinteressato, niente di più!>>giurò a se stessa. Fece un sospiro profondo e non volle pensarci due volte. Prese la cornetta del telefono e digitò il numero interno di Giuliana.

— Signora Giuliana, ha un paio di minuti da dedicarmi? Dovrei parlarle di un problema personale. — La donna sorrise e pensò che era giunto anche il turno di Roberta.

— Ma certo cara, vieni pure!

Giuliana, più tardi, si trovava a fissare la porta del suo ufficio, dietro la quale aveva visto da poco sparire Roberta. La ragazza l'aveva chiusa con molta attenzione e rispetto e il ricordo di quel volto pulito, aperto e leale stava già toccando il suo animo. C'era stato nello sfogo della giovane qualcosa che le aveva ricordato il suo passato. Una donna che piangeva e si disperava per salvare l'uomo che amava e ciò che aveva costruito. Il modo con cui si batteva l'aveva riportata alle sue stesse lotte, nonostante le quali lei aveva perso tutto. Ora continuava a fissare la sua scrivania, e i suoi ricordi proruppero di nuovo.

Il suo ventre cresceva, ma non giungeva alcuna comunicazione dall'America. Nell'Italia sventrata del dopoguerra non era facile rintracciare qualcuno dall'altra parte del mondo. Le corse dietro la bicicletta del postino le iniziavano a sembrare inutili e a pesarle, man mano che la gravidanza andava avanti. Nonostante indossasse delle pancere aderenti e dei vestiti morbidi per non mostrare il suo stato, lei sentiva già la fatica nel muoversi velocemente. Nessuno sapeva del bambino in arrivo, neanche sua madre.

— Non ti vuole proprio scrivere il tuo ragazzo, eh! — le disse ridendo Michele, vedendola giungere ancora una volta trafelata.

— Eh già — rispose quel giorno Giuliana — dovrò farmene una ragione! — Lo disse con un sorriso carico di amarezza, ed era proprio ciò che Michele aspettava da tempo di scorgere sul suo volto.

— Oh, finalmente un discorso sensato. E' pieno di ragazze che non ricevono lettere e se ne fanno una ragione. Lo conosci il detto no, *mogli e buoi dei paesi tuoi* — cercò di scherzare lui — che ne dici se uno di questi giorni invece di corrermi dietro per sapere delle lettere, non mi raggiungi per fare una bella passeggiata? — Giuliana non era pronta ad avvicinare un altro uomo, non sarebbe riuscita neanche a carezzarlo, ma c'era quella gravidanza di mezzo. Non le era sfuggito l'interesse che il postino nutriva per lei e ciò che ora le serviva più di tutto era un matrimonio riparatore, che le facesse mantenere quella rispettabilità. Non poteva però nascondergli la verità, forse lui l'avrebbe capita e aiutata. Pur non amandolo era certa di poter divenire un'ottima compagna per quel ragazzo solo e mutilato.

— D'accordo, dimmi a che ora termini il tuo turno e ti raggiungo alla marina, che ne pensi? — gli rispose sorridendogli nel modo più sereno che le riuscisse. Michele arrossì, si vedeva che era felice.

— Ti aspetto alle quattro oggi pomeriggio, potrai venire?

— Certo, sarò lì alle quattro, non mi fare aspettare eh! — lui la salutò con un gesto rassicurante e scappò volando con la bicicletta che sobbalzava sui ciottoli di quella viuzza.

Era stata puntuale Giuliana e aveva trovato Michele che già l'attendeva. Era un bel giovane, ma lei non sentiva nulla nei suoi confronti. Iniziarono a camminare sulla spiaggia, mentre lei provava forte la nostalgia di quando vi aveva passeggiato e amoreggiato con Mark. Raggiunsero i resti di un bunker tedesco e si sedettero sul muretto.

— Michele, ti devo confidare una cosa— e senza guardarlo negli occhi, gli aveva confessato ciò che non riusciva a dire neanche a se stessa. Fu leale, gli spiegò che solo un matrimonio riparatore poteva salvarla agli occhi di chi la conosceva e della sua famiglia. Lui non rispose subito, era immobile, con lo sguardo fisso all'orizzonte sembrava addirittura che pensasse a tutt'altro. *Ma tu senti qualcosa per me?* Le aveva chiesto all'improvviso e Giuliana fu sincera dicendogli che no, non sentiva amore, ma solo simpatia per lui. Gli promise che avrebbe imparato ad amarlo. *E se un giorno tornasse quell'uomo e ti rivolesse, insieme a suo figlio, puoi garantirmi che non te ne andresti via, col piccolo, lasciandomi solo?* No, Giuliana non glielo poteva assicurare, solo al pensiero di avere di nuovo di fronte il suo vero amore già sentiva l'impulso di scappare via con lui. Allora Michele tentò ancora una mossa, le prese la mano con la sua, quella mutilata e la strinse con le due dita che gli restavano. Giuliana si ritrasse con un'espressione nauseata. Non ci fu bisogno di altro. Lui iniziò ad allontanarsi, camminando veloce e le gridò quando già era lontano:

— Se non vuoi essere giudicata dai tuoi compaesani vattene a Roma, lì ci sono delle cliniche che aiutano quelle come te.

Quelle come te, quella frase le risuonò a lungo nella mente, perché come era lei, che aveva solamente amato?

Il suggerimento era buono, comunque, e andare via fu l'unica soluzione.

CAP. XIV

Flora aveva la febbre da un paio di giorni. Dalla mattina nella quale suo marito era partito per la sua mostra d'arte, lei aveva iniziato a sentirsi male. Non comprendeva con cosa avessero a che fare i sintomi che la tenevano a letto, ma la febbre c'era e, anche se non aveva tosse o disturbi importanti, i brividi e il mal di testa non le permettevano di muoversi. Ciò che le seccava moltissimo era non poter mettere ancora in atto ciò che aveva pianificato, cioè la fuga.

Non essendo riuscita a parlare chiaramente con Diego, aveva deciso di andare via da sola, contattandolo una volta al sicuro, per essere raggiunta da lui in un secondo tempo. Quella febbre così alta e improvvisa non ci voleva proprio, le impediva anche di ragionare. Non le andava di mangiare, voleva solo stare sdraiata a riposarsi. Aveva acceso la televisione sul comodino ai piedi del letto. Mentre si alternavano i programmi le era capitato di addormentarsi e risvegliarsi come chi entra ed esce dal coma. Riprese conoscenza di soprassalto con la sigla del telegiornale. Pigiò sulla fronte la pezza che bagnava ogni tanto nella bacinella d'acqua vicino al letto. Le solite notizie di politica interna, e poi un'importante novità dall'estero.

Qualcosa le suggerì di prestare attenzione a ciò che veniva detto. Si parlava della difficile situazione sudamericana, venivano riportate immagini relative a un grave attentato avvenuto da poco e alla conseguente sommossa popolare. Un grande senso di nausea tornò a impadronirsi di lei al ricordo dell'incontro avuto pochi giorni prima con quel disgustoso funzionario. Stava per spegnere il televisore quando l'immagine dei disordini in una grande piazza la lasciarono ancora frastornata. C'era un folto gruppo di manifestanti che lanciava dei sassi contro la polizia armata fino ai denti.

Uomini, donne e ragazzi, senza paura correvano e tiravano ciò che capitava loro tra le mani, mentre era chiaro che la polizia stava per lanciare lacrimogeni o peggio. Lo sguardo di Flora, iniettato di sangue, andava dall'uno all'altro dimostrante, in cerca di qualcosa o come se avesse riconosciuto un dettaglio che le era poi sfuggito. Il servizio terminava in quel preciso momento e lei si sentì troppo debole per continuare. Doveva assolutamente rivedere le edizioni successive, chissà che non fosse riuscita a capire cosa aveva attirato la sua attenzione. Si adagiò supina e tirò il lenzuolo fin sulla testa. Ora voleva solo dormire.

***

Lui aveva deciso, vestito e coperto fino agli occhi e senza farsi riconoscere le si sarebbe avvicinato. La disperazione che aveva visto impadronirsi del suo angelo lo aveva sconvolto e ora non ce la faceva proprio a stare fermo lì, con il pericolo di non riuscire ad accostarla, l'unica donna che aveva avuto piacere nel toccarlo, carezzarlo. Indossò dei jeans, una camicia bianca e una giacca blu. Fuori era caldo, ma niente doveva apparire del suo corpo. Posizionò una sciarpa di seta attorno al volto e mise un paio di occhiali da sole. Una scoppola a quadretti bianchi e blu copriva il suo capo. Uscì con l'intento di stazionare dall'altro lato della piazza per attendere che l'angelo uscisse dal portone. Desiderava solo consolarla e seguirla, fin dove glielo avrebbe concesso lei.

***

Roberta era rimasta soddisfatta del colloquio avuto con Giuliana.<< Forse Eva non aveva torto, chissà che non sia del tutto infondata la mia paura di essere coinvolta in qualcosa di poco lecito!>> si disse. Ripensava infatti a come Giuliana si era dimostrata disponibile e comprensiva. Vedendola piangere le si era addirittura avvicinata cercando di confortarla. Non le aveva promesso nulla, ma le aveva dato comunque alcune speranze alle quali lei già si stava aggrappando. Era vero che il direttore godeva di molte conoscenze importanti, nell'ambito di organizzazioni internazionali, così come nelle istituzioni governative. Il fatto che suo marito fosse un poliziotto poi deponeva a suo completo favore, una garanzia in più per chiunque avesse voluto assumerlo.

L'impegno che Giuliana si era presa era di portare il suo problema all'attenzione del direttore. Poi certamente lui l'avrebbe convocata per parlarle di persona. Roberta l'aveva ringraziata ed era tornata a lavorare. L'animo era sollevato ora e lei, in qualche modo, si stava sentendo in pace con il mondo intero. Cercò anche di dare una sistemata al volto, ripassandovi un po' di trucco, prima di uscire.

Ormai era primavera inoltrata e il gioco delle prime luci del tramonto riflesse dalle mura dorate dei palazzi sembravano annunciare una notte spettacolare. Le rondini riempivano quell'atmosfera incantata con le loro grida festose, mentre si divertivano a disegnare degli ovali nel cielo, raggiungendo la torretta del Villino delle Fate per poi tornare innumerevoli volte verso l'arcata centrale del quartiere.

«Artis praecepta recentis / maiorum exempla extendo», la scritta in latino sulla facciata del Palazzo del Ragno era un invito alla fantasia e lei ne aveva tanto bisogno. Inoltre non aveva alcuna voglia di tornare subito a casa. Non desiderava neanche parlare con il marito. Da quando lavorava lì non si era mai concessa una passeggiata nelle vie vicine, sempre presa dai suoi doveri di donna e di mamma. <<Voglio fare qualcosa di diverso>>pensò. Che male c'era del resto a camminare un po'in quella meraviglia di quartiere, il cui nome avrebbe dovuto essere quartiere Dora e non Coppedè o Magico, come invece lo avevano battezzato i romani. Via Dora, infatti, era la strada dove si apriva l'immensa volta che collegava i Palazzi degli Ambasciatori. Quel soffitto che la ipnotizzava la mattina,quando vi transitava velocemente per raggiungere in tempo il lavoro,era adesso a sua completa disposizione e le sembrava di poterlo finalmente studiare con più attenzione. La luce che lo avvolgeva pareva calamitarla,anche se l'enorme lampadario in ferro battuto non aveva ancora acceso le sue misteriose luci.

Da quella prospettiva era chiaro il modo in cui le strade si aprivano da Piazza Mincio, ricordandole stecche di un ventaglio spiegato in tutto il suo fascino policromo. E come corsi d'acqua che sfociavano nella maestosità della piazza, quelle vie silenziose portavano nomi di fiumi, Tagliamento, Brenta, Olona. Un'altra affascinante caratteristica.

Lei, che viveva in un rione di periferia dove le case erano accatastate le une alle altre, amava ora osservare lo spazio che prendevano le ville circostanti, i cui segreti venivano protetti da siepi alte, discrete e invalicabili. Si diceva che in una di quelle abitazioni signorili vivesse Dario Argento, il regista di thriller di successo.

Inutile cercare di distrarsi, riferendosi allo studio iconografico dei vari e a prima vista casuali elementi artistici ostentati nelle varie costruzioni. Roberta preferì rilassarsi facendosi cullare dall'atmosfera onirica che emanavano le decorazioni dorate, i riferimenti antichi. Le torrette con i tetti spioventi, i biscioni che costituivano il parapetto di piccoli e deliziosi balconi la riportavano alle fiabe che lei immaginava da bambina.<<Basta alzare lo sguardo per notare quanto sfugga ai miei occhi!>> pensava tra sé, mentre si stupiva nel notare per la prima volta quante immagini di animali venissero riportate nelle decorazioni. Il suo sguardo andò come in un vortice dai cavalli ai coccodrilli, dalle rane ai serpenti fino a che sentì che la testa le girava piacevolmente, come presa in uno splendido turbine. Una sensazione unica e indimenticabile.

Ma doveva ritornare alla sua auto e alla sua vita. Quanto tempo era che camminava per quelle strade? Era stata forse vittima lei stessa della strana magia che emanava quel luogo? Sospirò, adesso che il vento leggero di quella contrada aveva asciugato del tutto il pianto della sua anima.

Non fece subito caso all'uomo che la guardava dall'altra parte della piazza. Lo scorse mentre stava tornando indietro. Lui si dirigeva dalla sua parte, attraversando

Piazza Mincio. Non appena lei se ne rese conto, lui sembrò volersi eclissare alla sua vista, nascondendosi ingenuamente dietro alle rane della fontana. Roberta continuò a seguirlo con la coda dell'occhio. Lui prese finalmente il coraggio e uscì dall'inutile nascondiglio per avvicinarla. Un sotterraneo senso di autodifesa fece sì che Roberta aumentasse l'andatura verso la sua auto, parcheggiata appena fuori dell'arcata d'ingresso. I passi di lei procedevano spediti, ma riusciva a percepire chiaramente quelli di lui altrettanto veloci. Mentre si avvicinava alla macchina, fece in modo di aprire la borsetta e tirare fuori le chiavi. Purtroppo sapeva già che la sua cinquecento non sarebbe mai partita al primo colpo e in quel momento si sentiva del tutto disorientata. L'uomo, stava seguendo proprio lei.

Aprì la portiera di corsa, entrò e chiuse la sicura dello sportello. Le mani le tremavano, ma riuscì ugualmente a inserire la chiave di accensione. Il primo tentativo di mettere in moto fallì e quell'individuo l'aveva intanto raggiunta. Ora che lo vedeva più da vicino ne era ancora più impressionata. Il suo volto era completamente coperto, anche gli occhi con occhiali da sole che non servivano a quell'ora del pomeriggio. Lei aveva dimenticato di chiudere la fessura del proprio finestrino,che lasciava abitualmente aperto per far passare l'aria nell'abitacolo. Lui insinuò le sue dita in quel pertugio, spingendo in giù il vetro, con tutta la sua forza.

— Ma cosa vuole? — Roberta urlò quasi.

— *Non fuggire, ti prego, ti ho vista piangere, angelo mio, come ti chiami?* — Ora era tutto il corpo a tremarle. La sciarpa di seta che copriva il volto dell'uomo si era mossa come risucchiata dal suo alito mentre lui parlava, le sembrava di stare vivendo un incubo.

— Ma chi è lei piuttosto, lasci stare il finestrino, se ne vada! Vuole che chiami il vigile? — Lui, per niente scoraggiato, continuava a premere e, se fosse riuscito a infilare la mano all'interno dell'abitacolo, le avrebbe toccato il volto. Roberta intanto girava disperatamente la chiavetta di accensione e finalmente, dopo qualche scoppio il motore si avviò, proprio mentre il suo sguardo cadeva sulle mani di quell'individuo. Le sue unghie erano mangiate fino alla base, i polpastrelli umidi di qualcosa molto simile al pus. Sentì la nausea provata la mattina nella quale aveva soccorso lo sconosciuto e in un secondo capì che si trattava di lui, quel mostro. Ecco perché era tutto coperto. Ma aveva dimenticato le mani. Grattando il cambio lei inserì la retromarcia e spostò all'indietro l'auto, facendo scivolare fuori le dita di lui.

— Mi lasci stare, capito? — gli urlò e si immise senza prestare attenzione nel traffico di Corso Trieste. Quando fu qualche metro più avanti guardò nello specchietto retrovisore, senza scorgere alcuna presenza. Forse la fantasia e la magia a cui si era abbandonata le stavano alla fine tirando un brutto scherzo? No, era certissima di ciò che le era capitato! Finiva in un modo sconvolgente una delle più strane giornate della sua vita.

***

Lui si voltò e corse via, le mani gli facevano male per lo strattone che avevano ricevuto dal sobbalzo dell'auto.

Aveva voglia di piangere, ma cercava di convincersi che non si era trattato di un rifiuto da parte del suo angelo. Era stato lui a sbagliare, a non usare il tatto necessario, tanta era la voglia di vederla di nuovo. Si persuase che lei non era spaventata, era solo stanca. Chissà che brutta giornata aveva trascorso, quel pianto dirotto a cui lui aveva assistito doveva avere avuto pure una causa grave. No, se non avesse passato un giorno difficile, il suo angelo l'avrebbe carezzato come quella volta, sorridendogli ancora dolcemente. Mentre tornava verso casa, lui si sentiva addirittura stranamente felice. Ce l'aveva fatta a rivederla e quello era solo l'inizio. Forse lei ancora non se ne rendeva conto, ma aveva un grande bisogno del suo aiuto e lui era pronto a offrirglielo.

***

Flora aveva controllato la febbre ancora una volta. Era stazionaria, così come il mal di testa che le batteva nelle tempie. Era ora del telegiornale sul secondo canale televisivo e lei volle quindi rivedere le immagini girate in relazione all'attentato e alla imponente manifestazione, che era tuttora in atto nel Paese sudamericano. Ancora immagini drammatiche della piazza dove continuava la protesta, con i giovani armati di pietre contro i poliziotti in assetto di guerra. Ed ecco il particolare che l'aveva turbata e che ora, messo a fuoco nel modo giusto, la sconvolgeva addirittura. L'uomo in prima fila, quello che era più agitato di tutti, con la sciarpa bianca a righe scure, i ricci scomposti che gli ricadevano sugli occhi era Diego! Scandiva gli slogan con veemenza ed era il più attivo a tirare le pietre contro la polizia.

In un baleno sentì che la febbre aumentava e la testa girarle forte. Attonita si chiese cosa mai facesse lì suo marito, e presto cadde in una spirale di ragionamenti scomposti, dovuti all'inspiegabile scoperta e alla febbre che tornava a raggiungere livelli troppo alti. Nel delirio tentò con tutta se stessa di ricordare il loro incontro a Barcellona, del tutto casuale, e il modo tenace con cui lui l'aveva voluta a Roma. L'annuncio di lavoro glielo aveva trovato lui? Si stava formando davanti ai suoi occhi increduli un puzzle impossibile da immaginare.

Non poteva essere, lo ripeteva a se stessa ossessivamente. La febbre le offuscava la ragione, eppure non le era mai sembrato di essere tanto lucida. Non si era mai chiesta come avesse fatto lui a vivere senza lavoro, anche prima di conoscerla. E perché aveva tanto investigato sulla sorte della sua famiglia. Poi tutto girò e lei cadde in un sonno profondo.

Giuliana chiuse la porta del direttore e si ritirò nel suo ufficio, pensando di aver fatto stavolta una buona azione. Era riuscita a parlare con lui del grande problema di Roberta, facendogli capire che quella ragazza era diversa dalle altre. "Non si potrà mai reclutare per il genere di lavoro che svolgono le colleghe", gli aveva detto chiaramente. Del resto un volto pulito e un animo puro facevano comodo all'Organizzazione, una facciata del tutto rispettabile per chi avesse avuto anche qualche lontano dubbio sulla vera attività di quell'ufficio. "D'accordo, le parlerò, ma non prima di aver fatto ritorno dal mio viaggio in Belgio, questione di pochi giorni", le aveva assicurato lui.

Giuliana quindi sapeva di poter dare la bella notizia a Roberta il giorno dopo, per vedere tornare sul suo volto l'espressione serena che tanto le donava. Uscì che era sera e decise di camminare verso casa, senza prendere l'autobus. Quell'aria tiepida le faceva venire voglia di infondere un nuovo inizio alla sua vita. L'aria di Roma, come tanti anni prima.

All'epoca aveva seguito il consiglio di Michele e aveva lasciato Nettuno e la sua famiglia. La mamma aveva capito tutto e prima che lei se ne andasse definitivamente l'aveva scongiurata.

— Se te ne vai per questo motivo fai uno sbaglio e te ne pentirai, figlia mia. Dove mangiano due persone si può mangiare anche in tre. Lo troveremo il tuo americano, io non ti abbandono!

Quelle frasi accorate ancora le tuonavano nella mente, ma allora Giuliana se ne andò comunque. Un illegittimo, ecco cosa sarebbe stato quel bimbo, un bastardo allontanato da tutti. Abbracciando sua madre tra le lacrime, nel chiederle perdono, l'aveva pregata solo di avvertirla se fosse giunta una missiva per lei.

Una volta arrivata nella capitale, Giuliana capì che si sarebbe trovata a fronteggiare una situazione più grande di lei. Una città enorme, che portava ancora i segni della guerra e di una dittatura finita da poco. Si diresse subito verso l'Istituto di religiose che le era stato consigliato, un rifugio sicuro per poter terminare la gravidanza. Fu accolta bene e i mesi che seguirono li visse in serenità. I ritmi tranquilli di quell'ambiente ovattato, scandito dalla preghiera e dalle ore dedicate al ricamo e al cucito, cullarono i giorni che la separavano ancora dal parto. In quell'edificio, posto in una tranquilla via del colle Aventino, imparò a conoscere il profumo di Roma e dei suoi antichi giardini. Capì che le rondini e i gabbiani non si trovavano solo vicino al mare, così come i sentimenti che aveva vissuto non sarebbero appartenuti a quell'unico uomo.

Il consiglio delle religiose era finalizzato a farle tenere la creatura che stava per mettere al mondo. "Ma se proprio non ti sentirai di crescerlo da sola, c'è una famiglia benestante che potrà adottare il bambino e non gli farà mancare nulla, te lo assicuro!" le aveva detto la madre superiora quando ormai mancava poco al parto. "Non so ancora cosa deciderò. Mi spaventa molto non avere un marito vicino". E l'anziana suora aveva preso il suo viso tra le mani rugose, guardandola dritta negli occhi. "Un figlio è una cosa grande e a lui può bastare anche solo l'amore della madre, che è immenso!"

I suoi occhi vecchi e stanchi avevano visto fin troppa disperazione, donne partorire da sole, figli rimasti senza madre e mamme private delle proprie creature, troppo male durante quella inutile guerra. E mentre si allontanava con le spalle curve sembrava portare addosso lei stessa il peso di quella decisione. Giuliana la guardò allontanarsi, e la sua insicurezza le martellava ancora più forte nell'animo. Separarsi dal bambino purtroppo significava abbandonare l'ultima cosa che le era rimasta di Mark.

Giunsero le doglie e il dolore lancinante. Giuliana si sentì strappare le viscere e la sua creatura venne al mondo.

Quando la vide adagiata sul suo ventre affaticato, sentì che non la voleva. Tutte le domande che l'avevano torturata in quei mesi le diedero una sola risposta. Non l'allattò e lasciò che venisse data in adozione. Non volle mai sapere a chi.

Il suo era stato l'errore di molte altre donne, credere che si sarebbe dimenticata di quella vita che aveva portato in grembo, di quei vagiti caldi e delle manine che aveva visto agitarsi per pochi secondi. Un errore di valutazione, il solco nell'anima per la vita intera.

Contrariamente a ciò che aveva immaginato, non tornò neanche al suo paese. Ormai era a Roma, la grande città, piena di opportunità, soprattutto per lei che era sola e bella. All'inizio andò a lavorare nel collegio di Trinità dei Monti, dove cuciva i vestiti per le religiose. La veduta che si godeva da quelle finestre, soprattutto con la fioritura primaverile, era spettacolare quanto un tramonto sul mare, che in certe sere le mancava tanto, insieme al ricordo del vento che ululava attraverso le strette vie del castello di Nettuno.

Ma presto anche lì, in quell'ambiente protetto, iniziò a sentirsi inadeguata. Non gradiva più le preghiere che venivano recitate durante il lavoro, i canti religiosi che intonava insieme alle altre ragazze e detestava gli abiti invariabilmente scuri che si trovava a maneggiare. Presto volse lo sguardo altrove.

CAP XV

Flora, ormai, pensava solo a una cosa, scappare al più presto. Il mal di testa non l'abbandonava, anche per i pensieri che affollavano la sua mente. Il terrificante mosaico si era composto nei suoi ragionamenti e per lei non c'erano più dubbi. Diego faceva parte della Organizzazione, dove l'aveva introdotta senza che lei se ne rendesse conto. Per reclutarla l'aveva sposata. Come controllare meglio di così una pedina che sarebbe potuta divenire un problema? E lei si era lasciata sfuggire la sua insofferenza in quegli ultimi giorni, chiedendogli addirittura di andare via con lui e iniziare una nuova vita lontano da lì. Ormai tutti sapevano quello che stava pianificando. Doveva guarire al più presto, ma si sentiva tanto debole. Erano due giorni che riusciva solamente a bere dei liquidi. Il suo sguardo andò automaticamente alla bottiglia che conteneva la tisana che proprio Diego le aveva consigliato, come un toccasana per la depressione che sembrava la stesse prendendo. Erano due giorni che la beveva.

Cercò di alzarsi, ancora preda di violente vertigini. Con la forza che le restava, guadagnando l'equilibrio, prese quel recipiente e si diresse traballando verso il bagno. Giunta al water vi gettò il contenuto, un liquido denso dal colore verde scuro, che emanava un olezzo vagamente acidulo. Si infilò due dita in gola e vomitò quanto più poteva. Si ricordò di avere del latte in frigo e ne scaldò una bella tazza. Ne bevve un sorso ogni dieci minuti, sentendosi lentamente meglio. La febbre sembrava leggermente scesa.

Pian piano metteva a fuoco tutta la situazione e si faceva largo nel suo animo il senso amaro della sconfitta. Nessun uomo l'aveva mai amata veramente e meno di tutti suo marito. Le domande si susseguivano veloci ora che la sua mente sembrava più sgombra. Diego aveva addirittura tentato di avvelenarla vedendola pronta ad abbandonare tutto? E i suoi soldi? Se era stata controllata così da vicino era probabile che lui fosse al corrente del suo conto in banca, che ingenua era stata!

Iniziò a preparare le poche cose da portare via con sé. Ma la debolezza era più forte della paura e dovette nuovamente adagiarsi sul letto dove cadde,ancora una volta, in un sonno profondo e lontano.

***

A lui non restava altro che rifugiarsi di nuovo dentro casa, attaccarsi al binocolo e sperare che la disperazione del suo angelo non fosse dovuta al suo licenziamento. Sarebbe tornata il giorno dopo a illuminare quella piazza? Non volle udire lo sghignazzare che la morte gli indirizzava. Era abituato a essere deriso, dalla vita prima ancora che dalla morte. Decise di lasciarsi quella sciarpa sul volto, sollevandola solo per cercare di mangiare quel poco che gli riusciva, ma non voleva più vedere riflessa la sua orrenda immagine. La felicità che aveva provato nell'avvicinare la sua donna, almeno per un attimo, lo stava di nuovo abbandonando, lasciandolo precipitare nella solita voglia di fregare la morte, uccidendosi. Doveva attendere ancora qualche giorno, senza lasciare la finestra, spiando la piazza, le rane e l'arrivo del suo angelo. Alla fine sarebbe stato facile decidere e, stavolta, non avrebbe più fallito.

***

Eva e Marina erano ormai una coppia fissa. Si trovavano bene a lavorare insieme e Giuliana l'aveva capito perfettamente. Ora che Flora non era presente le chiamate erano tutte per loro due e, anche se veniva richiesta la presenza di una sola ragazza, Giuliana faceva in modo di mandarle insieme, con un leggero rialzo dei costi da parte del cliente. C'era in ballo il nuovo orizzonte economico che la Germania riunita poteva sfruttare, soprattutto nei Paesi emergenti. Un settore dove si doveva procedere con grande attenzione e in questo Marina era sempre stata una garanzia.

La sua determinazione a compiere bene il lavoro, guadagnare il più possibile per raggiungere in seguito i suoi obiettivi personali, ne faceva un'unità indispensabile. Col suo entusiasmo aveva contagiato anche Eva. Vederle insieme era uno spettacolo e le loro azioni combinate ricordavano una forza della natura. Sempre sorridenti e soddisfatte dei notevoli profitti e, spesso, anche dei sostanziosi doni inviati da chi non si dimenticava di loro.

Per Giuliana stava divenendo un'esigenza risistemare i settori, ne doveva parlare con il direttore. Serviva un'altra unità di lingua spagnola e una madrelingua francese, da utilizzare per il Sudamerica e il resto dell'Europa. Poi quella cellula poteva considerarsi perfetta. Roberta, accontentata per ciò che riguardava suo marito, riusciva a incarnare il volto pulito, mentre le altre tre costituivano quelle "trappole di miele", che erano ormai indispensabili in molte organizzazioni simili alla loro.

— Flora non tornerà molto presto al lavoro, me lo ha detto oggi Giuliana — esordì Marina, mentre con Eva entrava in un bar per rifocillarsi prima di un nuovo incontro.

— Sta male?

— Sta bene, sta male, non lo so. Per me si è bruciata.

— Che vuoi dire con *bruciata*, forse è stata licenziata?

— Qui nessuno ti licenzia, a meno che non sei tu stessa a tagliarti le ali! — Eva prendeva la schiuma del cappuccino con il cucchiaino e la assaggiava con gusto, mentre rifletteva. Marina continuò — Insomma, chi sta meglio di noi? Soldi quanti ne vuoi, l'anonimato è assicurato, ci troviamo anche i contributi per la vecchiaia e non corriamo alcun pericolo, con la clientela selezionata che abbiamo e le case sicure dove lavoriamo in pace!

In effetti era proprio come diceva lei, pensò Eva, ma bisognava esserci tagliate per quel tipo di vita. Lei stessa sarebbe scesa a quei compromessi, se non si fosse trovata in una situazione come quella che aveva sperimentato?

— Io mi ci sono trovata Marina, però debbo dirti che a me piace il lusso, non so se l'avrei fatto in un'altra situazione, ma il denaro, la libertà di fare ciò che voglio, i gioielli, tutto questo mi ha sempre attirato, quindi non sarò certo io a bruciarmi con le mie stesse mani.

— Ti ci sei trovata? Ma fattelo dire sinceramente, sei una puttana nata, lo sai? Anch'io e non me ne vergogno. Io l'ho fatto perché ho visto che l'onestà non paga e voglio raggiungere il mio obiettivo, per cui ho bisogno di tanti soldi. Che c'è di male in questo?

Nulla, pensò Eva, però Flora si era *bruciata* e forse non avrebbe lavorato più lì. Una domanda si affacciava nella mente di Eva, ma non osava porla alla sua amica *Cosa accade qualora una si brucia?*

Flora aveva superato la fase critica e la febbre. Il pallore del suo viso era spettrale, un herpes gigantesco occupava il suo labbro inferiore, ma il peggio sembrava essere passato. Si stava finalmente vestendo dopo aver fatto una doccia e aver finito di chiudere le due valigie. Gli abiti le stavano larghi. In quella settimana doveva aver perso un bel po'di peso. Ora stava facendo un ultimo giro di ispezione per vedere se aveva preso tutto dai cassetti. I documenti, il passaporto, il libretto degli assegni, i riferimenti del suo conto corrente segreto. Stava finalmente per lasciare quella casa, quando udì una chiave inserirsi nella serratura.

— Chi è ? — chiese con voce vibrante, mentre si scagliava contro la porta per mettere il chiavistello. Non fece in tempo, la porta si aprì.

— Sono io amore mio! — rispose Diego, con un sorriso cinico — dove stai andando cara, ti trasferisci senza dirmi niente? — Flora vacillava, non sapeva cosa dire. Quello sguardo non era il solito, e lei vide che dalla tasca della giacca di lui fuoriusciva il lembo di una fune.

— La mostra è già finita? — chiese lei, cercando ancora di sembrare normale.

— Sì, tesoro mio, ho venduto tutti i quadri! Sei contenta? — Quel tono sarcastico non sfuggì a Flora che ormai si sentiva braccata. Raggiungere la porta era impossibile.

— Diego, cosa vuoi fare?

— Non hai bevuto tutta la tisana vero? Vedi come sei dimagrita e depressa?

— Diego non fare stupidaggini ti prego, lasciami andare, sai che non dirò nulla a nessuno!

— Sono certo che non parlerai con nessuno — disse lui sorridendo. Iniziò ad avvicinarsi a lei, mentre Flora cominciò a scagliare contro di lui una serie di oggetti. Ma quell'uomo, che le era sempre sembrato pigro e svogliato, era invece agile e veloce e in un batter d'occhio le fu addosso, gettandola sul letto e immobilizzandola. Tirò fuori la fune e gliela mise al collo, iniziando a stringere sempre più forte.

— Non farlo! — urlò lei, ma lui soffocò il suo grido pigiandole una mano sulle labbra. Intanto la fune le si attorcigliava sempre di più al collo.

— Lasciati andare, non puoi farci niente! Tra poco dondolerai penzoloni dal gancio del lampadario. Povera Flora, era stanca e depressa, non avrei mai dovuto lasciarla sola! — Gli occhi di sua moglie si stavano spegnendo e girando all'indietro. Lui lo aveva sempre saputo che un giorno poteva finire anche così tra loro due, e si sarebbe trattato solo di gesti determinati e meccanici. Flora stringeva forte un lembo della coperta, come a trattenere un filo di vita. << Dunque è questo morire?>> Ora l'aria non le entrava più nei polmoni, i suoi occhi erano proiettati fuori dalle orbite, eppure sperava ancora in un gesto d'amore, il sentimento che non c'era in fondo all'animo nero di Diego.

Lei si dimenava, annaspava in cerca di qualcosa da scagliare sul capo di lui, per squarciare quei riccioli ribelli. Ma aveva racchiuso tutto nelle valigie, che non le servivano più a nulla. Lui le toglieva la vita senza pietà ed era profondamente ingiusto. Le luci, i colori, tutto iniziò a fondersi e a sublimarsi in forme diverse, e lei iniziò a provare una sensazione inaspettata e piacevole. I limiti del suo corpo non esistevano più. L'eco di una musica triste stava lentamente colmando il vuoto e le note di quel tragico flamenco, di cui aveva avuto tanta nostalgia, erano finalmente giunte a far danzare la sua anima.

Flora non ci mise molto a morire e Diego adesso era visibilmente sudato, l'aveva fatto altre volte, non era una novità per lui uccidere. Ora che si sdraiava esausto vicino al corpo dell'unica persona che lo avesse veramente amato sentiva un languore strano attanagliargli lo stomaco. Pensò di comporre il solito numero telefonico, per poi attendere che una squadra venisse a ripulire l'ambiente. C'erano da togliere i cocci di quello che Flora aveva rotto e cancellare i segni di violenza dalla stanza e dal volto di sua moglie. Si stava già essiccando il sangue fuoriuscito dall'herpes che lui aveva premuto senza pietà. La guardò, con gli occhi spalancati che sembravano ancora fissarlo. Le sue braccia sottili erano adagiate inermi lungo il corpo e lui dovette difendersi da un'improvvisa vertigine e dalla desolante sensazione di solitudine che inspiegabilmente stava invadendo il suo animo. Doveva riprendere le redini della situazione, distaccarsi da ciò che aveva appena compiuto, come gli era riuscito sempre di fare. Di lì a poco avrebbe partecipato a issare il corpo al gancio del lampadario e a inscenare il suicidio della donna.

Giuliana sapeva perfettamente che non era la prima né l'ultima volta che una delle ragazze veniva liquidata. Ecco perché la scelta ricadeva preferibilmente su donne sole e possibilmente senza scrupoli. Marina era il prototipo che serviva per quel tipo di operazioni. Con Flora avevano fallito, e Giuliana ora ne era profondamente dispiaciuta. Ogni volta doveva esercitare una maggiore forza su se stessa per voltare pagina e non pensare a chi, per forza di cose, doveva essere abbandonato strada facendo.

Non poté fare a meno di chiedersi, però, come poteva essere giunta al punto di non impedire certe azioni e di non provarne rimorso. Si vedeva che Flora non era tagliata per quel tipo di vita, impallidiva prima di uscire per i suoi incontri e, al ritorno, andava subito a lavarsi come per far scorrere via quei contatti. Era stata la sua solitudine a far sì che venisse scelta da Diego a Barcellona. Una ragazza innamorata di lui che nessuno avrebbe mai cercato in futuro. Ora che il suo viaggio terreno si era compiuto, Giuliana stava provando un'inaspettata tristezza e quasi desiderava che si spalancasse la porta del suo ufficio e che la ragazza apparisse di nuovo e in piena forma.

Non le era mai capitato in passato, era stata sempre in grado di valutare in primo luogo l'importanza della Organizzazione e della segretezza a difesa della sua attività, indirizzata solo a evitare scenari mondiali destabilizzanti. Per quel motivo, perdere alcune unità strada facendo doveva essere considerato parte del gioco, non ci si poteva soffermare abbandonandosi a considerazioni di natura diversa, lei lo sapeva bene.

Certamente lo sconforto che provava e quel ritorno a sentimenti umani era dovuto allo strano rammentare che le accadeva da qualche giorno. Ora, in quel preciso momento, lei voleva riprendere il filo della sua coscienza e ricucirlo nel punto in cui si era inesorabilmente spezzato. Adesso o mai più si disse e, cercando di accantonare il ricordo del viso dolce di Flora, continuò a viaggiare nei suoi ricordi.

E lo fece minuziosamente, come se fino a quel momento le fosse sfuggito o avesse trascurato qualche dettaglio del suo vissuto che tornava prepotentemente a voler catturare la sua attenzione.

Dopo qualche tempo di lavoro come sarta, Giuliana aveva capito che il suo modo di essere non era neanche quello. Ultimamente si guardava sempre di più allo specchio, con un bel trucco agli occhi e un'abbondante dose di rossetto sulle labbra carnose poteva farsi strada anche in altri ambienti, compreso quello del cinema. Non era facile accostare le persone giuste, soprattutto in una Roma che stava cambiando velocemente, ma lei era ben determinata a riuscire. Decise di trovare un lavoro in uno dei locali di Via Veneto, dove si stava vivendo un fermento nuovo, legato all'interessante fenomeno, definito la "dolce vita". Una realtà per lo più notturna, dove gente opulenta bruciava fior di quattrini in poche ore, frequentando quegli eleganti locali. Tra luci soffuse e profumi francesi, pellicce e gioielli e calde note musicali,Giuliana si trovava perfettamente a suo agio e venne assunta come *entraineuse.* Svolgeva il suo ruolo in modo magistrale e riusciva a far guadagnare bene al locale, grazie agli stranieri che si pregiavano della sua compagnia.

Alta, mora, con labbra carnose messe in risalto da un rossetto di color vermiglio, fasciata da abiti stretti e con gonne all'epoca ritenute corte, riusciva ad attirare chiunque volesse. Se la preda ne valeva, lei si spingeva anche oltre il semplice intrattenimento nel locale, ricavandone conoscenze e guadagni sostanziosi. Spesso, soprattutto quando si trovava da sola, ricordava di aver partorito una creatura, ma cercava immediatamente di allontanare quel pensiero, l'unico capace ancora di farla soffrire. Non era poi così difficile, bastava un buon bicchiere di champagne o di liquore, qualche chiacchiera con degli estranei e tutto in lei si resettava. La sua vita ormai era quella. Per lo meno finché la soglia del locale dove lavorava non venne varcata da una persona che riconobbe in lei la fragile ragazza di Nettuno.

Il bussare alla sua porta fermò i suoi ricordi. Marina ed Eva erano rientrate con una notizia eccezionale, che erano riuscite a carpire all'alto funzionario tedesco con cui si erano incontrate. Non appena il direttore fosse rientrato bisognava immediatamente comunicarla a chi di dovere. Non si poteva permettere un tale avvicinamento tra la nuova Germania e l'Africa. Ecco, di nuovo il ritmo cresceva e il richiamo della sua missione l'allontanava dal passato.

CAP XVI

Roberta e Maurizio non si parlavano da qualche giorno. Lei era caduta in una sorta di depressione che le faceva compiere i gesti quotidiani senza alcun entusiasmo, e lui era rientrato nei suoi ritmi di lavoro, senza orari precisi, lasciandola sempre più sola. Lei adesso era più decisa che mai, se non fosse riuscita a ottenere ciò che desiderava per poter godere di una vita normale sarebbe tornata da sua madre. Suo marito sembrava già essersi rassegnato ad andare avanti con il lavoro da poliziotto per il resto della sua esistenza. In fondo c'era sempre l'unica verità della quale non si parlava. A lui piaceva fare quella vita e, se si era prestato a cercare un cambiamento, era soltanto per accontentarla.

Il direttore rientrava l'indomani e Roberta sapeva che l'incontro era in forma privata. Purtroppo non aveva avuto in precedenza altre occasioni per dialogare con lui e non sapeva quindi di fronte a quale tipo di persona si sarebbe trovata. Ma ora stava a lei giocare il tutto per tutto. Le nottate nelle quali Serena continuava a tenerla sveglia le erano solamente servite a pianificare il suo futuro, sia che le cose si fossero messe bene oppure no. Le piaceva sentirsi sicura che per lei l'inferno stava per finire, in un modo o nell'altro.

Poi c'era quello strano incontro che l'aveva lasciata attonita. Da dove sbucava quell'essere orrendo che l'aveva seguita fino alla sua vettura? Era certamente l'uomo sdraiato sul marciapiede, che lei aveva aiutato a riprendersi quella mattina. Chi gli dava ora il diritto di spaventarla? Quelle parole le erano tornate spesso in mente *Ti ho vista piangere, angelo mio, ti voglio aiutare!* Ogni volta che le ripeteva dentro di sé provava angoscia, mista però alla stessa pena che aveva avuto vedendolo la prima volta. Nonostante il suo aspetto orribile, quello poteva essere un uomo comprensivo, sensibile. Un mostro che con un bacio sarebbe potuto divenire un principe azzurro, e si trovò a sorridere pensando che tutto ciò stava avvenendo in un quartiere dove fate e gnomi si rincorrevano nei silenziosi giardini. Da qualche giorno sentiva di non temere più nulla. Stava cambiando il carattere e la prospettiva con cui aveva guardato fino a quel momento la propria vita. Specchiandosi adesso indovinava con piacere una certa durezza nei suoi lineamenti.

La notte precedente all'incontro con il direttore non riuscì a chiudere occhio. Aveva preso sonno insieme a Serena ma, non appena intuita l'agitazione di sua figlia, a lei non era più riuscito di dormire. Si era alzata in preda a una forte inquietudine, era lei stessa ormai a non volere più dormire. In quelle ultime notti le era venuto quasi spontaneo mettersi a lavorare per casa, andando a cullare la bimba ogni volta che la sentiva piangere. Non stava cercando più di accoccolarsi vicino a lei e i suoi movimenti si erano fatti rigidi e rabbiosi. Cosa c'era dopo quel sintomo?

Eppure la mattina riuscì a vestirsi con gusto, passandosi la piastra sul caschetto di capelli, truccandosi in modo fine e deciso. Sapeva perfettamente cosa chiedere e con quanta determinazione ottenerla. Il suo incontro con suo marito era stato come al solito di pochi minuti. Lui aveva tentato di darle un bacio, ma vedendo il suo volgere la testa dall'altra parte le aveva detto:

— Oh, quand'è che la farai finita, sembra che la colpa di tutto quello che succede sia solo la mia! Pensi che avrò ancora tanta pazienza?

— Non me ne frega niente della tua pazienza, ce ne ho avuta tanta io! — aveva risposto lei sbattendo la porta talmente forte che aveva sentito piangere Serena, svegliata dal rumore. In quel momento non sentiva neanche il richiamo della figlia. Si stava veramente scocciando di tutto e già se ne vergognava. Non era così che doveva finire la loro storia.

Quando giunse nei pressi di Piazza Mincio, parcheggiò in un punto diverso, come stava cercando di fare ogni giorno, da quando era stata seguita. E non lasciava neanche più il finestrino leggermente aperto. L'aria sarebbe circolata nell'abitacolo al ritorno verso casa.

Camminando sotto l'arcata per andare in ufficio, Roberta riconobbe quella strana sensazione di essere spiata, guardata da qualcuno. Forse erano le tante ore di sonno perse, troppe per poter ragionare con lucidità. Si voltò di scatto ma non era seguita. Avanti a lei camminava una signora con le buste della spesa e un paio di ragazzi che si avviavano al vicino liceo. Quando si trovò all'angolo di Via Tagliamento si fermò ancora e sfidò con il suo sguardo tutti gli edifici che si affacciavano sulla piazza.

Finalmente la durezza d'animo le dava più coraggio, e solo adesso comprendeva quanto la delicatezza e la dolcezza riuscissero solo a rendere fragili e alla mercé dei voleri altrui. Non si era resa conto neanche lei di quanto avesse voluto dire quel colloquio finito male. Stava perfino immaginando che il marito avesse architettato tutto per farle credere che desiderava quanto lei cambiare professione, ma iniziava a dubitare che si fosse presentato quel giorno a sostenere la prova. Ormai la cosa giusta da fare era trovargli una sistemazione diversa a sua completa insaputa. Chissà quale scusa avrebbe accampato di fronte a una soluzione bella e pronta.

— Ciao Roberta! — la salutarono in un coro allegro Marina ed Eva mentre si dirigevano nella loro stanza a chattare. Roberta sentì una folata gelida avvolgere il suo corpo e, presa da un impulso improvviso, chiese loro:

— Flora è con voi? — Perché mai le era venuto in mente di chiedere della collega, se lo stava già domandando. Anche loro due la guardarono con aria interrogativa.

— No, sta ancora male, ti serviva qualcosa? — Un flash, come un bagliore improvviso nella penombra del corridoio, le mostrò impietoso un'immagine terrificante. Gli occhi sbarrati di Flora che la fissavano, freddi.<<Non sta male, non sta male, non sta male!>> si trovò a pensare Roberta, percorsa da un brivido agghiacciante. Alcune gocce di sudore le imperlavano la fronte.

— No, non mi serve nulla, di solito vi vedo insieme e mi chiedevo solamente se fosse guarita — le colleghe la guardavano e lei si sarebbe voluta annientare.

— Ma ti senti bene? — le domandò Eva, vedendola impallidire.

— Sì, scusatemi, non ho dormito affatto stanotte, ma è una storia vecchia! — rispose frettolosamente e si diresse verso il suo ufficio. Di Flora non le era mai importato granché, e ora, all'improvviso quella sensazione la stava spiazzando.

Adesso lei si sentiva diversa, più dura, non doveva cadere vittima di certe sensazioni. Era giunto il momento di sradicare una volta per sempre quel genere di percezioni dal suo animo. Quello faceva parte del passato, del suo essere debole e sensibile.

Eppure quell'intimo frastuono che accompagnava le visioni non si chetava, anzi, sentiva l'eco di altre immagini affiorare davanti ai suoi occhi stanchi. Stavolta era Eva ad apparirle, immobile, sdraiata sopra una duna di sabbia. Lei era ferma in quella scena e osservava ogni particolare. Era notte e faceva freddo, anche se Eva non indossava nulla sopra il suo abito. Non aveva la parrucca e il suo capo mostrava solo una leggera ricrescita dei capelli naturali. Le sue labbra erano livide e la risacca del mare giungeva ovattata. Ma c'era un altro rumore ritmico che impressionava Roberta. Catapultata in quella realtà era terrorizzata di volgere lo sguardo attorno, ma il rumore sordo continuava e lei sapeva che doveva guardare o non sarebbe potuta più tornare alla realtà. Si girò lentamente verso quello che sembrava un fruscio alternato a un tonfo cupo, e lo vide. C'era un uomo, di spalle, che con una pala stava scavando una fossa sulla spiaggia.

Roberta si coprì gli occhi inorridita e li riaprì trovandosi nel suo ufficio. <<Eva, Eva debbo avvertirla!>> Mosse qualche passo verso la porta, poi si fermò. Ma cosa diavolo stava facendo? Ormai era chiaro che il sonno perso in quei mesi la stava inducendo alla pazzia e passava dalle visioni alla realtà senza più riconoscere il confine tra le une e l'altra. Cosa dire adesso all'amica? Come essere creduta? No, molto più facilmente l'avrebbero derisa, forse umiliata, facendole mettere a repentaglio perfino il suo appuntamento con il direttore.

Tornò velocemente sui suoi passi e a ciò che era risoluta a chiedere e ottenere, a qualsiasi costo. Mentre cercava di ricomporsi, sistemando la borsa e le sue cose, si chiedeva fino a che punto sarebbe stata determinata a procurare un lavoro diverso per suo marito. Non si sentiva più sicura di niente, neanche dei suoi sentimenti.

Flora pendeva dal gancio del lampadario e nella stanza c'era un fermento di uomini che stavano rimettendo tutto in ordine, veloci e silenziosi. La bottiglia con la tisana venefica era sparita, gli oggetti rotti rimossi, mentre i restanti avevano ripreso il loro posto. Alla fine ordine e pulizia regnavano, insieme alla morte che stava lentamente avvolgendo tutto. In terra, sotto ai piedi di Flora, uno sgabello rovesciato era l'ultimo dettaglio che non poteva mancare. Uscirono veloci e invisibili insieme a Diego. Prima di tre giorni nessuno poteva accorgersi che in quella casa c'era un cadavere, e Diego sarebbe stato già lontano, protetto da un'altra identità.

Mentre usciva di lì lui, però, si voltò per un'ultima volta. Nel suo mestiere non doveva amare, non doveva abbandonarsi ad alcun tipo di emozione, ma il cadavere di Flora che dondolava leggermente, con le braccia abbandonate lungo i fianchi in un estremo gesto di resa, gli fece provare un'angoscia che non conosceva ancora.

Non era stata una morte come le altre, e l'immagine di quella figura emaciata, appesa al soffitto come una bambola di pezza, sembrava non volerlo abbandonare, né ora né mai. E lui già se ne sentiva perseguitato.

Roberta lavorò a testa bassa per l'intera giornata. Non voleva soffermarsi a pensare a cosa l'attendeva alla fine del turno, nell'incontro con il "grande e flaccido capo". Giuliana si era affacciata un paio di volte, dicendole che il direttore l'attendeva quando tutte se ne fossero andate via. Era quello il momento della giornata che lui dedicava agli appuntamenti speciali. Glielo aveva comunicato per rassicurarla, sorridendole.

Roberta si avvicinò alla finestra e ricordò che quando era scoppiata a piangere si trovava proprio lì. L'uomo che l'aveva seguita le aveva detto *Ti ho visto piangere.* Quindi non poteva essere altro che qualcuno dalle finestre di uno stabile dirimpetto. Ma gli edifici che si affacciavano su Piazza Mincio erano molto distanti l'uno dall'altro. Per vederla piangere quell'uomo aveva dovuto servirsi di un binocolo o di un cannocchiale. Sentì un brivido all'idea di non essere al sicuro neanche nel suo ufficio e si allontanò dai vetri.

La sera arrivò presto e una dopo l'altra Giuliana e le sue colleghe uscirono salutandola appena. Maurizio sapeva che avrebbe tardato per svolgere un lavoro straordinario. E adesso il tempo sembrava essersi fermato e lei era indecisa se attendere ancora o salire dal direttore. Improvvisa suonò la linea interna. Era lui.

— Signora Roberta, buonasera. Giuliana mi ha detto che mi voleva parlare. Scenderò io da lei, anzi vada nell'ufficio delle sue colleghe, saremo più comodi.

***

Lui si stava chiedendo il perché non avesse visto ancora uscire il suo angelo dal portone del palazzo di fronte, mentre restavano accese alcune luci di quegli uffici. Sistemò il binocolo per poter scrutare chiaramente anche con l'esposizione notturna. Era agitato, c'era qualcosa che non gli piaceva nel modo in cui si stavano mettendo le cose. Non dovette attendere molto per vedere apparire l'uomo grasso della volta precedente nella stanza d'angolo. Lo seguiva lentamente e a testa bassa il suo angelo dagli occhi a mandorla. Era bellissima, indossava una camicetta rossa con il taglio alla coreana, un incantevole contrasto con lo scuro degli occhi e dei capelli. Era lei a parlare, seduta su uno sgabello di fronte a lui, che invece era sprofondato in una poltrona. Cosa avrà avuto mai da raccontargli, non finiva più di parlare. Così seduta mostrava le gambe affusolate, mentre la gonna scura si era alzata leggermente. Il grassone la guardava e lui che osservava la scena da lontano stava provando una fitta di gelosia. Improvvisamente il suo angelo cominciò a piangere e il grassone si alzò con difficoltà dalla poltrona per andarla a confortare. Vide che le passava un fazzoletto per farle asciugare le lacrime. Il suo angelo era eccitante anche mentre piangeva e lui stranamente stava sentendo piacere, nascosto dietro la tenda e attaccato al suo binocolo, lontano e allo stesso tempo in mezzo a loro.

Ora era il grassone a parlare e lo fece per qualche minuto. Il suo angelo non sorrideva e lo guardava fisso. A un certo punto la ragazza scese dallo sgabello e si portò verso la porta, con un chiaro gesto di diniego. L'uomo parlò di nuovo e lei si fermò senza uscire di lì. Il grassone ora rideva e lei restava in piedi, muta e impietrita. Si guardarono per un po', studiandosi, poi lei articolò qualche passo verso di lui, che le carezzò il volto. Lei sembrò volersi ritrarre, ma poi stette ferma, succube di quel gioco. Lui iniziò a sbottonarle la camicetta e a baciarla sul collo, stringendola a sé. "No!" urlò forte e il grido echeggiò negli ambienti ampi e deserti della sua casa. "Non la toccare, maledetto!" Il grassone invece continuava a palpeggiarla e iniziava anche a baciarla. Poi si fermò e, memore del fatto che potevano essere visti da fuori, andò a chiudere le veneziane.

Non sopportava più di restare fermo, cercando solamente di indovinare dalle ombre cosa stesse accadendo lì dentro. Il suo angelo stava per essere violato e lui doveva fare qualcosa. Non c'era tempo da perdere. Gettò il binocolo in terra e iniziò ad andare su e giù per la casa, come impazzito. Cosa poteva portare con sé per entrare lì dentro. Come poteva toglierla da sotto alle sue mani maledette e condurla finalmente via con sé? Guardò attorno e gli venne in mente la bottiglia di cloroformio che aveva acquistato per uno dei suoi inutili tentativi di suicidio.

Ne rovesciò una certa quantità su una grande porzione di ovatta. Poi andò nello studio e prese l'affilato tagliacarte con il quale avrebbe tentato di forzare la serratura di quell'ufficio. In tutto quel frastuono aveva dimenticato di ricoprirsi il volto con la sciarpa, se ne rese conto quando ormai era in strada, ma non tornò indietro. Il suo angelo lo amava anche così, ne era certo. Traversò Piazza Mincio in un baleno e riuscì senza difficoltà ad aprire il pesante portone che era rimasto accostato. Era furioso, non doveva permettere a nessuno di toccare quella pelle di porcellana, la sua morbida e dolce creatura. Stavolta aveva contato i piani dello stabile e sapeva dove dirigersi per entrare nell'ufficio. Come temeva la porta era chiusa, ma lui fece scattare la serratura dopo un paio di tentativi con il tagliacarte. Una volta all'interno, nel buio corridoio, lui vide che l'unico tenue fascio di luce proveniva da sotto la porta dell'ufficio d'angolo. Si avvicinò, le mani gli tremavano e il cloroformio gli bruciava i polpastrelli dilaniati. Fece una lieve e silenziosa pressione sulla maniglia e aprì leggermente la porta. All'interno i due non si accorsero di lui. Il grassone stava seduto di nuovo sulla poltrona, dando le spalle alla porta e lei era in ginocchio davanti a lui. Lui entrò in punta di piedi, si avvicinò silenziosamente e, quando gli fu possibile tenere fermo il grassone avvinghiando i suoi pochi capelli, gli conficcò il tagliacarte nella gola.

— *Porco!* — gli gridò mentre sferrava il colpo— *lasciala!* —Lei tirò su la testa e si trovò davanti il mostro, mentre il direttore la fissava con uno sguardo esterrefatto, quasi incredulo, mentre perdeva già fiotti di sangue dalla ferita. Roberta gridò forte e tentò di guadagnare la porta, ma il mostro la raggiunse e le pigiò l'ovatta sulla bocca finché non sentì che la donna si abbandonava all'effetto del cloroformio.

***

— Giuliana, vi-en-i s-ubi-to i-n u-ff-ici-o...— la voce del direttore era discontinua, affaticata, quasi irriconoscibile.

— Che è successo?

— No-n pe-rde-re t-em-po!

— E Roberta? — nessuna risposta, che per lei era una sola vergognosa conferma — non ne hai potuto fare a meno eh!

Dall'altro capo solo un rantolo senza forma. E infine, in un soffio:— L'ha p-r-e-s-a l-ui — poi più nulla. Giuliana si vestì in un baleno, scese in strada e salì velocemente su una delle tante vetture vuote che stazionavano al posto dei taxi di Piazza Ungheria.

CAP XVII

Roberta aveva visto sparire il mondo, respirando quell'acido premuto con tanta forza sul viso. Sapeva di essere nelle mani del mostro. Lei avrebbe già dovuto trovarsi a casa, con la sua famiglia, e adesso provava un grande rimorso. Nello stato di trance nel quale aveva avvertito ciò che le capitava, senza riuscire a vederlo, si era sentita prendere in braccio dallo sconosciuto, che l'aveva portata giù per le scale. Fuori dall'edificio però, lui aveva fatto in modo che sembrasse una donna ubriaca che stava aiutando a camminare. Sorreggendola, con la testa adagiata sulla sua spalla e cingendola talmente forte da farle addirittura mancare il respiro, le aveva fatto compiere un breve tratto di strada, permettendole di strusciare appena il suolo. Roberta riusciva solo a chiedersi dove mai la stesse portando. A tratti non sentiva più nulla e cadeva in un sonno talmente pesante da farle immaginare un impossibile risveglio, nonostante lo sforzo immane che stava facendo per riprendersi, come una persona che stesse affogando. Sentì che entravano in un altro edificio, capì che si trovava in un ascensore e che veniva introdotta in un luogo chiuso. Poi di nuovo il nulla.

Giuliana giunse in ufficio trafelata. Il taxi ci aveva messo meno di dieci minuti ad arrivare a Piazza Mincio, e lei ora aveva il terrore di salire quelle rampe di scale. Cosa era mai accaduto là dentro? Trovò la porta socchiusa, entrò quasi in punta di piedi. Percorrendo il lungo corridoio si diresse verso l'ufficio d'angolo, le gambe le tremavano. Lo spettacolo che le si presentò davanti agli occhi era tra i più raccapriccianti che avesse mai dovuto vedere in vita sua. Il direttore giaceva sprofondato nella poltrona, con un oggetto affilato conficcato all'altezza della giugulare, immerso nel suo stesso sangue. Giuliana si sedette sullo sgabello che era vicino a lui, affondò il volto tra le mani e singhiozzò forte. L'odore di morte era inconfondibile e lei non aveva mai messo in conto che quell'uomo sarebbe potuto finire così. Confusa e inorridita cercò comunque di fare appello all'esperienza che aveva acquisito e al suo spirito professionale. Lasciò trascorrere alcuni attimi per far cessare il tremore alle mani e, recuperando con difficoltà la necessaria freddezza, compose un numero telefonico, le serviva aiuto.

— Marina, ho bisogno di te, è successa una cosa terribile, vieni subito in ufficio!

— Ma che diavolo può essere accaduto?

— Non fare domande, per telefono non ti posso spiegare. Vieni il più presto possibile, corri! — Marina era rimasta senza parole. Avevano lasciato l'ufficio nel pomeriggio, cosa poteva esserci adesso di tanto angoscioso e urgente. Si guardò allo specchio e capì che non c'era il tempo per ripassarsi il trucco, rimosso da poco. Cercò un paio di jeans e una maglietta da indossare per correre di nuovo al lavoro.

Roberta non poteva muovere alcun muscolo. Sebbene se lo ordinasse di continuo, le sue membra erano bloccate e intorpidite. Era sdraiata sopra un letto, le caviglie e i polsi fermati da una corda stretta. Aprì pian piano gli occhi e vide un soffitto in legno, impreziosito da immagini intagliate. Lo stile e l'odore dell'ambiente le facevano capire di essere ancora all'interno del quartiere Coppedè e, se faceva attenzione, riusciva a udire l'acqua che scrosciava dalla bocca delle rane, nella fontana sottostante. Vicino a lei, sdraiato c'era il mostro. Aveva sentito le sue storpie labbra baciarla sulla bocca varie volte.

— *Angelo mio, ti sei svegliata? Non ti voglio fare del male, non temere, sono qui solo per aiutarti.* — Lei non ce la faceva a rispondere, mentre cercava di mettere a fuoco il suo volto. La luce nella stanza era soffusa, e veniva da alcune lampade poste agli angoli del soffitto. Lui le carezzava i capelli, con quelle sue dita infette e purulente.

— *Ora non devi temere più nulla, sei qui con me. La tua pelle ha un profumo meraviglioso, sembri una rosa che non è ancora sbocciata. Sboccerai qui, amore mio, tra queste mura. Nessuno ti troverà mai. Fammi specchiare nella profondità dei tuoi occhi...*— e poggiò di nuovo quella bocca malconcia sulle sue labbra. Roberta riuscì a girare il volto dall'altra parte. Lui allora si risentì.

— *Perché ti giri, io voglio solo baciarti, non sarai mica come tutti gli altri, non tu!* — disse, afferrandole con forza il viso. Lo girò di nuovo verso di sé, baciandola in bocca, stavolta premendo con la lingua tra le labbra di lei. Roberta riuscì a frenare la violenta nausea, certa che se l'avesse rifiutato, lui non avrebbe esitato a uccidere anche lei. L'immagine del direttore e del suo sguardo freddo tornò a danzarle nella mente. Chiuse gli occhi e pensò a Serena, a quanto desiderasse in quel momento trovarsi in una delle notti insonni, per cullarla e starle vicino. Si era esposta troppo ed era entrata in un mondo che non le apparteneva. Ora anche l'onesto lavoro del marito le sembrava qualcosa di prezioso, così come il loro rapporto che lei aveva forse rovinato per sempre. Si disperò al pensiero che nessuno sapeva dove si trovava e Maurizio avrebbe creduto che lei li avesse abbandonati. Una lacrima uscì dai suoi occhi.

— *Non piangere angelo mio, con me sarai felice, non ti mancherà nulla!* — la rincuorò lui, carezzandole il volto.

Marina stava camminando lentamente nel corridoio dell'ufficio. Si sentiva un odore forte di sangue e lei iniziò ad avere paura.

— Giuliana, dove sei? — chiese dirigendosi verso la propria stanza, dalla quale giungeva l'unico fascio di luce,uno squarcio nel buio dell'ambiente.

— Sono qui, vieni e preparati a vedere una cosa orrenda — Marina mosse ancora qualche passo incerto e si portò una mano alla bocca per soffocare un grido, non appena vide il direttore, esanime, con gli occhi spenti fissi nel vuoto, sprofondato nella poltrona con un oggetto conficcato in gola.

— Oddio! Chi è stato, l'abbiamo lasciato solo con Roberta e dov'è lei? — Giuliana ora era seduta sul bracciolo della poltrona, molto vicina a quell'uomo, il suo sguardo era inespressivo. Sembrava assente e non si preoccupava del sangue di lui che si stava trasferendo sui suoi vestiti.

— Siediti Marina, voglio raccontarti una storia.

— Ma che dici Giuliana, qui bisogna chiamare la polizia, non vedi che è stato ammazzato? — La donna sembrò svegliarsi da un sonno leggero.

— Niente polizia, mia cara. Ascolta quello che ti devo dire e poi faremo sparire i documenti, le vostre identità e chiamerò chi saprà sistemare l'ambiente. — Così dicendo prese un braccio del morto, aprì il polsino della camicia e rivoltò la manica fino all'avambraccio. La pelle di quell'arto mostrava un'enorme, impressionante cicatrice. Marina guardava Giuliana senza parole, mentre la vedeva carezzare quella pelle logora con infinita tenerezza. Massaggiava l'arto esanime come a voler rianimare il cadavere e continuava a raccontare.

— Ho amato quest'uomo più della mia vita. Il suo nome è Mark, un soldato americano rimasto ferito nello sbarco di Anzio. Il braccio gliel'ho salvato io, con il mio lavoro di crocerossina, sai che glielo volevano amputare? Ma era così bello lui allora e io non potevo permettere che lo mutilassero. Ho trascorso innumerevoli giorni e notti a vegliarlo e curarlo. — Baciò lo sfregio sul braccio di lui e poi, mentre continuava il discorso, se lo accostò al volto. — Ci siamo innamorati e amati in quel luogo distrutto dalla guerra, sapendo che ogni giorno poteva essere l'ultimo. E' stato il mio primo uomo. Niente mi potrà mai togliere il ricordo di quei momenti con lui. Poi dovette ritornare in America, mi lasciò un indirizzo a cui scrivere, ma non rispose mai alle mie tante lettere. In pratica si dimenticò di me e non seppe mai che ero incinta di suo figlio, non ebbi mai il coraggio di scriverglielo. Puoi capire che schifo è stata la mia vita Marina?

— Ma Giuliana, tu non hai figli, voi non stavate insieme, lui con noi ha fatto il porco comodo suo!

— Lo so, infatti noi non stavamo più insieme. — Marina tacque, capì che in quel momento per Giuliana era essenziale parlare del suo passato.

— Ci incontrammo per caso dopo vent'anni, in un locale dove io svolgevo il tuo stesso mestiere, ma non finalizzato allo spionaggio. Io intrattenevo i turisti, decidendo di andarci a letto, se mi attraevano. E lui mi piaceva ancora da morire. Così, quando mi riconobbe, *"Giuliana, I can't believe it, it's you!* Giuliana, non posso credere che sia tu!*"* Era diverso da come lo ricordavo, un uomo quasi di mezza età, stava perdendo i capelli, ma i suoi occhi e il suo modo erano gli stessi di tanti anni prima. Io lo portai nel letto dove di solito incontravo altri uomini. Lui, finalmente lui, con i suoi baci e le sue carezze. E riuscì a sbalordirmi ancora una volta!

Giuliana si estraniò di nuovo, ora era tornata a quella notte trascorsa insieme, abbracciati come se nulla più potesse staccarli. E nel suo racconto non fu difficile per Marina immaginare lo svolgersi degli avvenimenti così lontani.

— Fu solo al filtrare delle prime luci dell'alba che trovai finalmente il coraggio per dirgli ciò che covavo nell'anima da anni. "Perché mai non mi hai risposto, ti avrò inviato un migliaio di lettere. Come hai potuto dimenticarti di me!"

L'espressione dipinta ora sul volto di Giuliana era una indefinibile maschera di rimpianto e nostalgia, amore e rimprovero, luce e ombra nei sentimenti contrastanti che le dilaniavano l'animo. E Marina vide lo svolgersi del dialogo avvenuto tra loro in quel tempo perduto, come se stesse assistendo alla proiezione di un film.

Mark, sdraiato ancora nel letto vicino a lei, non sapeva proprio cosa rispondere alle domande, mentre sembrava ripercorrere i ricordi che li avevano legati. Si accese un sigaro e, solo dopo aver gettato in aria una serie di boccate di fumo, si decise a parlare, alternando alla sua lingua frasi in uno stentatissimo italiano. "*You know, silently*, Sai, in silenzio è scoppiata nuova guerra, una lotta fredda, *after the world war,* dopo il conflitto mondiale,una battaglia diversa combattuta a colpi di spionaggio. *I was enlisted,*Io sono stato arruolato dai servizi segreti di mio Paese appena tornato in America e le tue lettere non mi sono mai state recapitate."

"Non ti credo, non ti credo!" gli gridò Giuliana, con la stessa disperazione dei giorni vissuti ad attendere sue notizie,"ma tu sapevi che io ti amavo, che avevo bisogno di te, perché non mi hai cercata?" L'uomo sembrava calmo, troppo calmo in confronto all'agitazione che provava lei in quel momento.

"Ho pensato tu insieme a qualche ragazzo di tuo paese, meglio non ricordare quello che era accaduto in guerra, sia cose belle che brutte. Io avevo dimenticato, avevo dovuto rimuovere. Non c'è niente di guerra che meriti di essere ricordato."

"Già, ma io no, io non potevo dimenticare, perché avevo qualcosa di tuo, di prezioso che per colpa tua ho dovuto rinnegare!"

"*What do you mean,* Cosa vuoi dire?" Giuliana si era pentita di aver accennato alla gravidanza, non era giusto dirglielo in quel momento.

"No, non voglio dire nulla, il tuo braccio, stavo ricordando quanto ho lavorato per non fartelo amputare, come hai potuto dimenticare anche questo, ogni volta che ti guardavi quella ferita non ti tornavo in mente?" Mark era stato addestrato a scegliere ciò che doveva tornare in mente e a cancellare ciò che non si doveva rammentare, ma questo Giuliana non poteva capirlo. La frase che gli aveva detto riguardava però qualche altra cosa.

"*Don't change the subject*, Non cambiare discorso, tu hai detto che avevi qualcosa di mio, di prezioso che hai dovuto rinnegare per colpa mia." Giuliana sentiva la sua anima nuda ed esposta. Ormai doveva parlare, non c'era verso di fargli intendere una verità diversa.

"Io aspettavo un figlio, Mark, il tuo!" L'uomo fece un paio di colpi di tosse, come se il fumo gli fosse andato di traverso.

A quel punto Giuliana gli aveva raccontato tutto, compreso il fatto che aveva lasciato il bambino lo stesso giorno in cui l'aveva partorito.

"*Why did you do that*, Perché mai lo hai fatto Giuliana? Io non sapevo di avere un figlio!"

"L'ho fatto per il suo bene, credimi!"

"*You shouldn't do that*, Non avresti dovuto lasciarlo Giuliana!"si inquietò l'americano,"non avresti mai dovuto lasciarlo", ripeté come rivolto a se stesso.

"Certo, avrei dovuto crescere un bastardo, uno che sarebbe stato additato ed emarginato da tutti. No, io sono certa che avrà trovato l'affetto di una famiglia vera, con dei genitori presenti nel crescerlo e curarlo come io non avrei mai potuto fare da sola!" gridò quasi istericamente lei, cercando di scacciare dall'anima il rimorso che ora la stava aggredendo forte, come le improvvise, crudeli e infinite domande. Se lui le avesse risposto, se avesse saputo della gravidanza e se le fosse stato vicino, chissà, forse lei avrebbe avuto il coraggio di tenerlo quel bambino. I "se" potevano essere tanti, ma ormai era stato tutto definito dal destino.

L'americano si era alzato, indignato. Si era rivestito in fretta, senza guardarla negli occhi.

"No Mark, non andare via così, non lasciarmi ancora una volta!" l'aveva supplicato lei con la voce strozzata dal pianto. Ma lui se ne era andato, umiliandola perfino, mettendo sul comodino i soldi per la sua prestazione.

Marina aveva ascoltato senza perdere una battuta tutto il racconto della donna, e ora sentiva per lei, che aveva sempre immaginato lontana dai comuni sentimenti, una grande pena.

— Accidenti Giuliana, chi poteva immaginare che tu avessi questa storia. Mi ero fatta un'idea del tutto diversa della tua personalità. — le disse sincera. Giuliana la guardò, sembrava sorridere, mentre continuava a raccontare.

— Passarono altri quindici anni prima che ci ritrovassimo di nuovo. Eravamo due individui maturi, senza alcuna voglia di imbarcarci in situazioni sentimentali, per lo meno lui. Io lo amavo ancora, sempre e solo lui, ma compresi che dovevo far finta di niente, ignorare i suoi difetti e il suo modo di agire, se volevo continuare a stargli vicino. Mi fece però una grande sorpresa. Doveva aver attivato tutti i suoi contatti ed era riuscito a rintracciare nostro figlio.

Marina, ormai, stava cedendo alla curiosità di sapere come si erano concatenati gli eventi. L'attenzione per quello che stava per udire le fece quasi accantonare la drammaticità nella quale si trovavano.

— E dopo Giuliana che è successo, com'è che vi siete trovati a lavorare insieme?

— Mi informò dell'attivazione di questo ufficio in seno all'Organizzazione e mi chiese di aiutarlo. Io accettai per tanti motivi. Volevo continuare a stargli accanto, anche se solo come amica o segretaria. Tanto più che in quel periodo, con l'avanzare dell'età, avrei dovuto cambiare professione e non sapevo più come mantenermi. Infine ottenni anche un bell'appartamento a Piazza Ungheria, vicino a tutto ciò che avevo al mondo.

Marina era esterrefatta. La visione di quell'uomo ucciso così barbaramente l'aveva sconvolta, ma il racconto di Giuliana l'aveva lasciata addirittura attonita.

— Ma chi ha ucciso quest'uomo? E Roberta dove si trova ora? — Giuliana venne richiamata bruscamente alla realtà, lasciò finalmente cadere il braccio del suo uomo e iniziò a guardarsi attorno.

— A Roberta penso io, non ti preoccupare. Intanto diamoci da fare per togliere tutto ciò che può costituire una traccia della nostra attività. Poi verrà una squadra a sistemare il resto. Tu chiama Eva, dalle un appuntamento per strada e falle lasciare al più presto il suo appartamento, quello è dell'Organizzazione.

— E Flora chi l'avverte? — Giuliana fece una smorfia amara.

— Non ti preoccupare, Flora è già lontana.

CAP. XVIII

Marina adesso doveva recuperare ogni cosa che riguardasse il loro impegno non ufficiale in seno all'Organizzazione. Nomi, clienti, luoghi, appuntamenti, erano veramente troppi gli indizi da cancellare e in brevissimo tempo. Chi e come avrebbe poi sistemato l'ambiente lei lo ignorava, ma ora doveva fare in fretta. E Giuliana sembrava essere in trance.

—Giuliana torna in te, ti prego! Ti sei sempre occupata tu di tutto, dimmi almeno dove posso reperire le prove da eliminare! — La donna si voltò con la rigidità di un automa.

— Troverai ogni cosa nel mio ufficio, la scrivania ha un doppiofondo, ora lasciami andare!

Sembrava intenzionata a uscire, noncurante del sangue rappreso sui vestiti e sul viso. Marina non seppe dirle nulla. Notò solo che la donna nascondeva nella tasca della giacca un paio di forbici, di misura media. Mentre usciva però Giuliana le si rivolse di nuovo e stavolta il suo tono era tornato normale.

— Appena hai finito Marina, ricordati di chiamare Eva, cerca di fare tutto per bene. Nei prossimi giorni mi farò viva io per darti altre istruzioni — Marina le indirizzò un segno di assenso, e seguì alla lettera le sue indicazioni. Il telefono era sulla scrivania vicino alla poltrona dove giaceva il morto e lei vi si accostò con il terrore di vederlo muovere o sentirlo parlare. Chiamò la collega.

— Ma cosa dici Marina, che diavolo è successo! — rispose Eva sbalordita.

— Delle cose molto gravi, che non posso spiegarti per telefono. Prendi la tua roba, fa come ti dico, accidenti. Tra un po'quella casa brulicherà di polizia, vuoi che ti portino in questura? Fai presto e incontriamoci a Viale Regina Margherita, vicino alla chiesa.

— Va bene, ma io qui di cose ce ne ho tante, mica posso portarmi dietro tutto in pochi minuti!

— Senti Eva, fai come ti dico, prendi ciò che riesci a portare via e sbrigati, non c'è un minuto da perdere.

Mezz'ora più tardi le due si incontrarono nel luogo stabilito. Marina aveva con sé una cartellina da consegnare all'amica, mentre Eva era carica di buste e trascinava un trolley che appariva pesante e colmo all'impossibile. Nonostante il caldo primaverile, l'amica indossava addirittura la pelliccia di volpe argentata che era riuscita ad acquistare con i primi guadagni.

— Eva, è finita!

— Che vuoi dire Marina, cos'è finita?

— Il nostro lavoro è terminato cara, ora dobbiamo solo sparire per un po'e dimenticare, capito?

— Dimmi finalmente cos'è successo!

— Qualcuno ha ammazzato il direttore, ficcandogli un tagliacarte nella gola.

— Oddio, io lo sapevo che dovevo dar retta a Roberta! — recriminò Eva.

— Non sappiamo se è stata proprio lei a farlo, oggi siamo andate via e l'abbiamo lasciata con il direttore, ricordi? — Sì Eva lo ricordava e iniziava a sembrarle verosimile che Roberta avesse reagito violentemente di fronte a un comportamento irrispettoso da parte di quell'uomo. Tacque.

— Ma la cosa che mi ha sconvolto ancora di più, se possibile, sai cos'è stata?

E Marina le riferì in poche parole ciò che le era stato raccontato da Giuliana. Anche Eva sembrava incredula, mentre sgranava gli occhi. Marina la guardò meglio e iniziò a ridere.

— Che hai da ridere? In questa tragedia non mi sembra ci sia nulla di divertente!

— Ma ti sei vista? La parrucca te la sei sistemata male e hai mezza frangia sulle tempie, dove si vedono i capelli rasati. Dai ti tengo io i pacchi e tu rimettila bene.

Mentre Eva stava infilando la parrucca dal verso giusto, alle due donne si accostò un'auto. Era un Opel grigia. Trovandosela davanti Eva emise un grido.

— No!

— Cammina, sali in macchina! — le ordinò gelido Rinaldo, che era sceso veloce e già le stringeva un polso.

— No, non voglio per niente al mondo! — Marina capì che si trattava del marito di Eva e, conoscendo la storia della sua violenza, lasciò i pacchi in terra e si allontanò velocemente, traversando la strada, a quell'ora quasi deserta. Da lontano vide l'uomo tirare via la parrucca di Eva, gettandola in terra come la pelliccia che le aveva sfilato con rabbia. Eva si gettò sulla pelliccia e la riprese. Lui iniziò a schiaffeggiarla. Si sentiva la voce di lei che urlava e Marina ebbe paura che quella scena attirasse l'attenzione di qualcuno. La polizia era l'ultima che doveva intervenire in quel momento. Decise quindi di tornare sui suoi passi, per riprendere almeno i fogli della cartellina, che ora erano sparpagliati in terra.

— Eva, piantala, non gridare!— le intimò.

— Eccola st'altra zoccola! Levate da davanti all'occhi miei! — gridò Rinaldo indirizzandole un calcio che andò a vuoto. Un'auto passò vicina e rallentò, come per osservare la scena, poi accelerò. Marina raccolse le carte e la parrucca di Eva e traversò di nuovo il viale, per sparire nel buio circostante.

— Non mi lasciare con lui! — gridò ancora una volta Eva, sempre attaccata alla sua pelliccia. Lui la prese per un braccio e la gettò di peso nell'auto — A casa con te non ci torno! — continuò terrorizzata Eva.

— Tu vai dove voglio io, capito? Pensavi di farla franca, ma sei ancora mia moglie!

— Tua moglie un cazzo, non sono tua, e tu non sei proprio niente per me. In quella fogna di casa tua non ci torno, non ci vengo con te! — Urlava Eva, facendo forza sul montante dell'auto, per non entrarvi.

— Ah sì, tu fai quello che ti dico io!

— Mai, mettitelo bene in testa, mai più con te! — Rinaldo sembrò riflettere e desistere dall'esercitare ancora violenza su quella che reputava, nonostante tutto, la sua donna. Poi, come in un raptus, perse definitivamente la pazienza, sferrandole un colpo talmente violento da farle perdere i sensi. Mentre la spingeva a forza nell'abitacolo dell'auto, Marina sentì ciò che le gridava.

— Tu non meriti niente, lurida puttana, o con me o con nessun altro. Se non vuoi venire a casa, allora so io dove portarti. Andiamo al mare, sei contenta? Ti piaceva tanto! — Aveva pronunciato quelle parole in un ghigno e già si allontanava con l'auto a grande velocità, scomparendo in un forte stridore di pneumatici.

<<Al mare? >> Marina si chiese cosa volesse dire l'uomo, mentre realizzava che i sogni di Eva finivano lì. Veloce anche lei si dileguò in fretta.

CAP XIX

Giuliana sapeva dove dirigersi. Fuori ormai era sera inoltrata. *L'ha presa lui,* quelle erano state le ultime parole del suo uomo al telefono e lei sapeva perfettamente cosa volessero dire. Era la prima volta che non sentiva il benefico influsso della magia di quel quartiere. La fontana delle rane le passò a fianco senza che lei udisse il suo scrosciare, mentre si portava veloce verso il palazzo di fronte. Aveva le chiavi, le aveva sempre avute, nonostante lui le avesse detto che non la perdonava e non la voleva vedere. Lui, suo figlio, il suo piccolo mostro. Giuliana sentiva ancora viva l'impressione e la disperazione che aveva provato appena dopo partorito quando,accostandosi al bambino,si era accorta della sua malformazione. Il piccolo era privo delle labbra e dal suo naso fuoriusciva liquido amniotico misto a sangue. Emetteva un vagito molto simile al verso di un animale e lei volle che lo allontanassero subito dal suo ventre.

Quando Mark aveva rintracciato il ragazzo, in modo del tutto anonimo, aveva creato i presupposti per farlo vivere agiatamente, sistemandolo in un appartamento vicino all'ufficio dove avrebbe lavorato Giuliana, agevolando così l'incontro tra madre e figlio. Ora lei stava ricordando la drammaticità di quell'appuntamento. Si era trovata di fronte a un uomo ferito, lacerato dal modo in cui aveva dovuto vivere. Lui non riusciva neanche a guardarla in faccia e aveva rifiutato quell'abbraccio spontaneo ed esasperato con il quale Giuliana si era trovata ad avvolgerlo.

“Sono tua madre,” gli aveva detto, “ero tanto giovane e sola, non sapevo come trattare la tua condizione!” Lui si era voltato di spalle.

“Vattene, non ti voglio vedere mai più! Non mi importa ciò che hai vissuto tu, mi basta l'inferno che ho passato io!”Giuliana gli aveva afferrato un braccio, supplicandolo quasi. Era insopportabile essere rifiutati, ora lei lo capiva bene.

“Adesso sono qui, per te. Ti prego non cacciarmi via!” Lui non aveva avuto pietà, neanche dopo il bacio che lei era riuscita a dargli su una mano.

Aveva cercato, in seguito, con tutta se stessa di imbastire un rapporto con suo figlio, voleva finalmente consolarlo, stargli vicina per fargli capire quanto le fosse mancato durante la solitudine della sua vita. E si era trovata di fronte a un muro. L'unico contatto tra loro, che il figlio le aveva concesso di mantenere, era la colazione che lei gli portava tutte le mattine, un appuntamento a cui lei non sapeva proprio rinunciare. E forse neppure lui.

Ora però l'importante era salvare Roberta, che non aveva nessuna colpa. Per come si erano susseguiti gli avvenimenti, Giuliana immaginava il corso che aveva preso la conversazione tra Roberta e il suo Mark. Anche se quello era l'uomo che aveva sempre amato non poteva certo negare a se stessa che era un essere senza scrupoli. E doveva averlo fatto anche con Roberta, nonostante lei gli avesse chiaramente chiesto di trattarla in modo diverso dalle altre.

Ma come era accaduto tutto il resto? Lei non aveva mai detto a suo figlio chi fosse il padre, era un patto tra lei e Mark. Mentre ora saliva le scale, Giuliana sentiva le gambe pesanti. Era come se all'improvviso tutto il peso della sua vita stesse gravandole sul corpo e le sembrava veramente un bagaglio insopportabile.

Aprì con la chiave, cercando di non fare alcun rumore. Il corridoio era buio, così come tutte le stanze che vi si aprivano. Solo il soggiorno veniva a tratti investito dal riverbero che i lampioni creavano sul muro dorato del Villino delle Fate. L'unico chiarore giungeva dalla stanza da letto di suo figlio. Giuliana camminò in punta di piedi nel corridoio e si fermò dove, pur non essendo vista, le era possibile osservare l'interno della stanza. Si avvertiva bisbigliare il ragazzo e lei aguzzò il suo udito per capire.

— *Starai sempre con me amore mio, non avrai bisogno di niente e di nessuno, solo io...*— I lamenti di Roberta sembravano soffocati, Giuliana si protese per scorgere meglio e vide le sue caviglie legate, così come i polsi. La ragazza si dimenava, indosso aveva solo la sottoveste, il suo viso era bagnato dalle lacrime, la sua espressione stravolta. A quel punto lei entrò nella stanza.

— Ciao, sono venuta per darti una cosa! — esordì senza sapere bene cosa dire o fare.

— *Ah, eccola la madre sciagurata! ti ho detto che non ti devi far vedere davanti ai miei occhi!* — gridò lui, torcendo la bocca — *Vattene subito via e dammi finalmente indietro le mie chiavi. Ci sputo sulla tua colazione, lo sai?* — Sembrava un tono isterico quello che stava usando.

Giuliana non si scoraggiò e continuò con calma, mentre gli occhi supplicanti di Roberta non la perdevano di vista.

— Sono proprio venuta a riportarti le chiavi, ma non so staccarle dalle mie, non ci riesco, ti prego aiutami un momento! — Lui la guardò interdetto, voleva che se ne andasse al più presto. Si alzò e le andò vicino. Giuliana fece un giro su se stessa e lasciò cadere la forbice che aveva portato con sé sul letto, vicino a Roberta.

— Non tornerò più da te, ma accompagnami alla porta, devo dirti una cosa importante.

— *Che mi vuoi dire, madre maledetta? Niente è più importante per me dello stare qui con lei!*

— Ne sei proprio sicuro? Prima che sparisca dalla tua vita non vuoi sapere chi è tuo padre? — A quella domanda lui si immobilizzò. Nella sua mente iniziò una battaglia crudele. Chi era suo padre? Se l'era chiesto tante volte, l'aveva sentita come una necessità vitale quella di conoscere la sua identità, per amarlo o per odiarlo come aveva fatto con sua madre. Seguì così come un agnellino Giuliana, che si dirigeva verso la cucina con il mazzo di chiavi in mano. Entrandovi, lei fece in modo di farlo stare con le spalle verso la porta e, mentre iniziava lentamente a sciogliere il mazzo di chiavi, per farsi aiutare dal figlio a liberare quella di casa, cominciò anche a parlargli della guerra e di come avesse conosciuto suo padre. Il tono della voce di lei era suadente, quasi come la ninna nanna che lui avrebbe voluto udire almeno una volta nella sua infanzia. Lui la stava a sentire come ipnotizzato. In quel momento pensava solo a capire.

CAP. XX

Roberta realizzò che quella era l'unica occasione che il destino le offriva per fuggire via da lì. Fece in modo di tagliare la fune che le legava i polsi, ma ci volle qualche minuto e si ferì leggermente. Una volta liberate le mani tagliò con forza la corda dalle caviglie e camminò scalza, in punta di piedi, verso la porta d'ingresso. Sentiva la voce di Giuliana che in tono calmo e lento cercava di tenere occupato suo figlio.

In cucina i due armeggiavano attorno al mazzo di chiavi e Roberta fece una corsa fino ad aprire la porta. Stavolta fece molto rumore.

Lui si voltò per correrle dietro, ma sua madre lo afferrò per un braccio, cercando di far guadagnare a Roberta dei minuti preziosi.

— *Lasciami strega!* — le urlò lui, mentre udiva per le scale i passi precipitosi del suo angelo che fuggiva via, finché non sentì lo sbattere del portone.

— *Maledetta, sapevo che non mi dovevo fidare di te, neppure tu sai con chi mi hai avuto!* — gridò ancora rivolto alla madre, dandole un tale spintone da farla cadere in terra. Ancora una carta, lei pensò di giocarla per ultima.

— E' l'uomo che hai ucciso stasera tuo padre! — Lui si fermò e tornò verso di lei. Il conflitto delle emozioni che provava in quel momento lo stava disorientando. *La morte lo stava guardando dal corridoio, poggiata alla sua falce, come a rimproverarlo per non essere mai stato capace di difendersi dai sentimenti umani.*

182

— *Che hai da guardare tu?* — *chiese lui in risposta al muto e mortale rimprovero che sembrava rivolgergli, poi si concentrò sulla madre, che giaceva ancora in terra e continuava a parlargli.*

— Non ti sei mai chiesto da chi fosse organizzata la tua vita adesso, il tuo benessere, l'agio nel quale ti muovi senza più problemi? Era quell'uomo tuo padre! — aggiunse Giuliana, sperando che l'argomento lo trattenesse ancora dal seguire Roberta. Un vulcano sembrava esplodergli nella testa, lui, sempre lui vittima della cattiveria e della falsità di quella donna. La guardò senza pietà e soffocò l'impulso di scagliarsi su di lei.

— *Non sai inventarti altro per trattenermi qui?* — Gridò, le vene gonfie e viola in volto. Poi corse fuori, doveva riprendersi il suo angelo.

Roberta tremava, si trovava all'improvviso all'aria aperta e le sembrava di non poter far fronte alle vertigini e alla nausea. L'aria fresca della sera le creò un effetto choc, infondendole l'energia che non credeva più di possedere. Al di là della fontana delle rane vedeva l'arco che si apriva verso Viale Tagliamento.<< Che ora sarà mai? >> si chiese angosciata. Sapeva che il mostro avrebbe cercato di raggiungerla e traversare la piazza poteva essere un invito a correrle dietro.

Vide alla sua sinistra l'ingresso del villino di fronte. Le finestre erano buie, sembrava disabitato. Non perse tempo a ragionare, corse verso il cancello di ferro battuto che era chiuso. Lo strattonò e suonò varie volte al campanello. Nessuno che potesse aiutarla. Allora si fece forza e si arrampicò sull'edera che ricopriva la cancellata. Sembrava un'impresa impossibile, sentiva qualcosa ferire le sue membra, davanti ai suoi occhi solo il viso di Serena. Scivolò dalla parte interna del giardino. Lì si trovava in ombra, ma la luce proveniente dal lampione sulla strada rendeva chiaramente visibile il mosaico tondo, appena sopra di lei, dove venivano rappresentate tre fanciulle suonatrici, in abiti antichi romani. Roberta non sapeva bene dove nascondersi per non essere vista. Ancora tanti simboli turbinavano attorno a lei, bisce, rane, una madonnina nascosta in una nicchia. Cos'era insomma quel posto che univa l'antico alla leggenda, il sacro con il profano. In quale fiaba terribile era scivolata senza rendersene conto? Sulle mura vedeva due chiare scritte, Domus Pacis e Domino Laetizia Praebeo, che i suoi studi classici le facevano tradurre in Casa della Pace e Offro gioia al Padrone. La casa della pace era la sua, dove forse non sarebbe mai più riuscita a tornare. Se fosse sopravvissuta giurò a se stessa che vi avrebbe portato solamente la gioia. Udì aprire rumorosamente il portone del palazzo del mostro.

— *Angelo, angelo mio dove sei volata! Lo sai che sei solo mia, dove sei!* — La voce biascicata dell'uomo si faceva sempre più vicina e Roberta ebbe il terrore di essere vista. Pensò di correre fino alla loggetta dove la finestra sembrava essere retta da due putti. Se si fosse ben nascosta al di là della balaustra lui non l'avrebbe trovata di certo. Quel movimento, anche se silenzioso, fu intercettato dagli strani sensi del mostro, che si voltò da quella parte e corse anche lui verso le inferriate coperte dall'edera. Roberta era paralizzata dalla paura. Era già dietro il parapetto e si tirò su quel tanto che le potesse permettere di vedere il giardino. I sui occhi erano dilatati dal terrore e iniettati di sangue. Il mostro stava scavalcando con molta fatica aggrappandosi all'edera, mancava poco che raggiungesse il suo nascondiglio. Istintivamente lei si ritrasse, poggiando le mani su un bassorilievo. Le luci, i putti, il tetto che svettava sulla torretta, i mosaici dorati, il profumo degli oleandri, tutto faceva parte di un insieme che l'avvolgeva ma non la difendeva. Il mostro era giunto ai piedi dei tre scalini che portavano al suo rifugio.

— *Anche tu allora mi abbandoni, vero? Quindi non sei il mio angelo dagli occhi a mandorla, anche tu te ne andrai!* — gridò lui, mentre la prendeva per un braccio.

— Lasciami, che ti ho fatto io! Lasciami ti prego, ho una bambina piccola, non mi fare del male!

— *Ah sei pure tu una mamma sciagurata, mi avevi ingannato con quel tuo sguardo, quando la finirete di ferirmi!* — continuò gridando, quasi singhiozzando. La tirò verso di sé, poggiò di nuovo le sue labbra su quelle di lei e le mise le mani al collo, stringendo forte. Roberta sentiva che la sua ora era giunta. I molli rumori del quartiere ormai si allontanavano e lei vedeva solo gli enormi sorrisi di sua figlia. Il cancello cigolò, e a lei sembrò una fantasia distorta dalla agonia che iniziava a vivere. Lui era forte e continuava a soffocarla.

Alcuni passi echeggiarono sulla ghiaia del giardino. Poi, quando tutto sembrava perduto, un colpo secco raggiunse il capo dell'uomo, tanto forte che fece scivolare in terra anche Roberta, liberandola dalla sua morsa. Lui era caduto e giaceva supino, il capo spaccato da un grande masso, mentre copiosi fiotti di sangue gli uscivano dalla bocca. Era immobile. Roberta vide in piedi davanti a sé Giuliana, il suo sguardo vitreo.

— Finalmente ha finito di essere il mio tormento — disse la donna a denti stretti.

— Giuliana, ma che vuol dire tutto questo? Come hai fatto a entrare?

— Ho le chiavi di tante porte, sai? Ma sono troppo stanca Roberta. Vuoi sapere cosa significa tutto ciò? Vuol dire amore, disperazione, solitudine. Nulla che non sia dimenticato in fretta nei prossimi anni.

— Chi è lui per te?

— Lui è, lui era mio figlio, mio e del mio Mark.

— E chi è Mark Giuliana, non ci capisco più niente! — disse Roberta in tono disperato.

— Mark è il direttore, l'uomo mio, solo mio! E' Lui che ha ritrovato nostro figlio, il bimbo del quale per molti anni ha ignorato l'esistenza. C'era la guerra, sai, sono accadute tante cose.

La donna si sedette esausta vicino al frutto di quell'amore sfortunato. Continuò a parlare, farfugliando le parole, era una maschera di sangue.

— Io non volli tenerlo, lo abbandonai come un gattino malformato. Quando venne a conoscenza dei fatti, Mark riuscì a sapere che il bambino era stato ricoverato per molto tempo, nessuno l'aveva voluto adottare. Aveva subito una serie di interventi chirurgici, con i quali si era cercato di mettere riparo alla sua menomazione. La prima operazione aveva anche peggiorato le cose. Quando non era in ospedale viveva in un collegio di Torino. Non sai quanto ho pianto sentendo la storia di quella vita. Chissà la disperazione che avrà vissuto, solo, malato, in quelle corsie d'ospedale, aspettandomi, chiamandomi. Io sono stata a condannarlo, solo io ho la colpa!

— *Mamma!* — sibilò lui tra i fiotti di sangue — *mamma* — ripeté ancora una volta, cercando di toccarle il volto. Era ancora vivo.

— Amore mio! — gli gridò quasi sua madre, carezzandogli la bocca, baciandogli il volto. Poi si chinò su quel corpo e iniziò a cullare i suoi ultimi respiri, stringendolo a sé, cantando una dolcissima nenia.

Roberta si alzò, era scalza e indossava solo una sottoveste. Aveva assistito a scene orrende. Il collo le faceva male e iniziò a tossire forte. Finalmente liberò lo stomaco dal cloroformio e dal disgusto. Appena fuori si diresse alla fontana delle rane, grata per quell'acqua che da sempre sgorgava e con la quale lei ora riusciva a lavarsi il volto e la bocca dal ribrezzo che aveva provato. Si sedette stremata sui gradini. Dove andare in quelle condizioni? Voleva solo raggiungere la sua casa, mettersi a letto vicino a Serena per stringerla tutta la notte. Voleva suo marito, lo desiderava disperatamente, per come era, per come l'amava, e anche perché era stata tanto sciocca da credere di poterlo lasciare. Infine voleva indietro la sua vita, che non era più neanche sicura di meritare.

Un tassista attraversò lentamente la piazza con la sua vettura. Vedendo la donna stravolta in quel modo rallentò e tirò giù il finestrino.

— Serve aiuto signora? — Roberta lo guardò con occhi sorpresi e disperati.

— Sì, assolutamente, ho bisogno di aiuto! — si alzò e aprì la portiera dal lato del passeggero — La prego, mi porti a casa, mio marito le pagherà la corsa e il disturbo.

— Salga pure, mi dica dove abita. Non crede che sia meglio andare al Pronto Soccorso?

— No, mi porti a casa — riuscì a dire Roberta mentre si accovacciava sul sedile tremando. L'uomo non replicò e si allontanò. Le luci illuminavano le case, le torrette e i muri incantati, l'auto costeggiava i rigogliosi giardini, e i putti, gli gnomi e le fate sembravano salutarla in una danza improvvisata, mentre lei finalmente scivolava nel sonno. Se ne stava andando via da lì, e stavolta per sempre.

Era tutto vero, il suo tempo era finito, ma prima di andare via doveva sentire almeno una volta l'amore di una mamma. Ora sì che abbandonava senza rimpianti e con coraggio il mondo che l'aveva sempre rifiutato. Adesso poteva andare e si avvicinò alla morte, che l'aveva atteso paziente per tutto il tempo, per svanire con lei oltre il cancello.

FINE

Persone e avvenimenti descritti nella storia sono frutto di pura fantasia.

BIOGRAFIA E SUCCESSI DELL'AUTRICE

Daniela Alibrandi è nata a Roma e ha trascorso l'adolescenza negli Stati Uniti. In campo professionale si è occupata, tra l'altro, di Relazioni Internazionali nell'ambito dell'Unione Europea e del Consiglio d'Europa. Nella vita privata è sposata e ha due figli.

LIBRI PUBBLICATI

Le sue opere sono presenti al salone del libro di Torino, a Piùlibripiùliberi di Roma, al Fiera Book Festival di Pisa.

"Nessun Segno sulla Neve", (*Premio letterario nazionale Circe 2013*) Universo Editoriale. Il libro è inserito in due collane editoriali, *Oltre la città* e *Crimini innocenti. E'* tradotto nell'edizione inglese di***"No Steps On The Snow"***, ed è in catalogo presso l'Italian & European Bookshop di Londra.

Un'Ombra Sul Fiume Merrimack", (tra i vincitori del *Novel Writing 2012)*, tradotto nell'edizione inglese *di***"A Shadow On Merrimack River"***, è anch'esso in catalogo presso l'Italian & European Bookshop di Londra.

"Una morte sola non basta" (Del Vecchio Editore 2016) un noir che la critica ha già definito un grande romanzo neo realista.

"Il vaso di Bemberly" (L'Erudita, di Giulio Perrone Editore 2017)

"Quelle strane ragazze", vincitore del *Premio Perseide 2014* con il titolo *"La Fontana delle Rane"* è ora pubblicato nella nuova edizione (Youcanprint 2018), in versione integrale.

"Il Bimbo di Rachele"(Apollo Edizioni 2012, ora nella nuova edizione in Amazon). Thriller pubblicato a seguito della vittoria del premio La città e il mare.

"I Doni della mente", antologia di racconti brevi, disponibile nell'edizione inglese*"Echoes of the Soul"*.

Premi Letterari vinti: Il *Volo di Pègaso 2010, La Città e Il Mare 2011*, il *Memorial Miriam Sermoneta* e *Mani in Volo 2014*, tra i finalisti del concorso nazionale *La Memoria 2011, Circe 2013, Persede 2014, Novel Writing 2012*

L'autrice ha un sito italiano
danielaalibrandi.wordpress.com
Un sito inglese
http://danielaalibrandi.wix.com/danielaalibrandi
E' presente in FB, https://www.facebook.com/Daniela-Alibrandi-Autore-108488582556510/ e in tutti i social network, quali Linkedin, Twitter, Google+ etc.

Finito di stampare nel mese di Marzo 2018
per conto di Youcanprint *Self-Publishing*